集英社オレンジ文庫

恋せぬマリアは18で死ぬ

山本　瑶

本書は書き下ろしです。

Contents

Maria
never falls
in love
She will die
at the age of 18

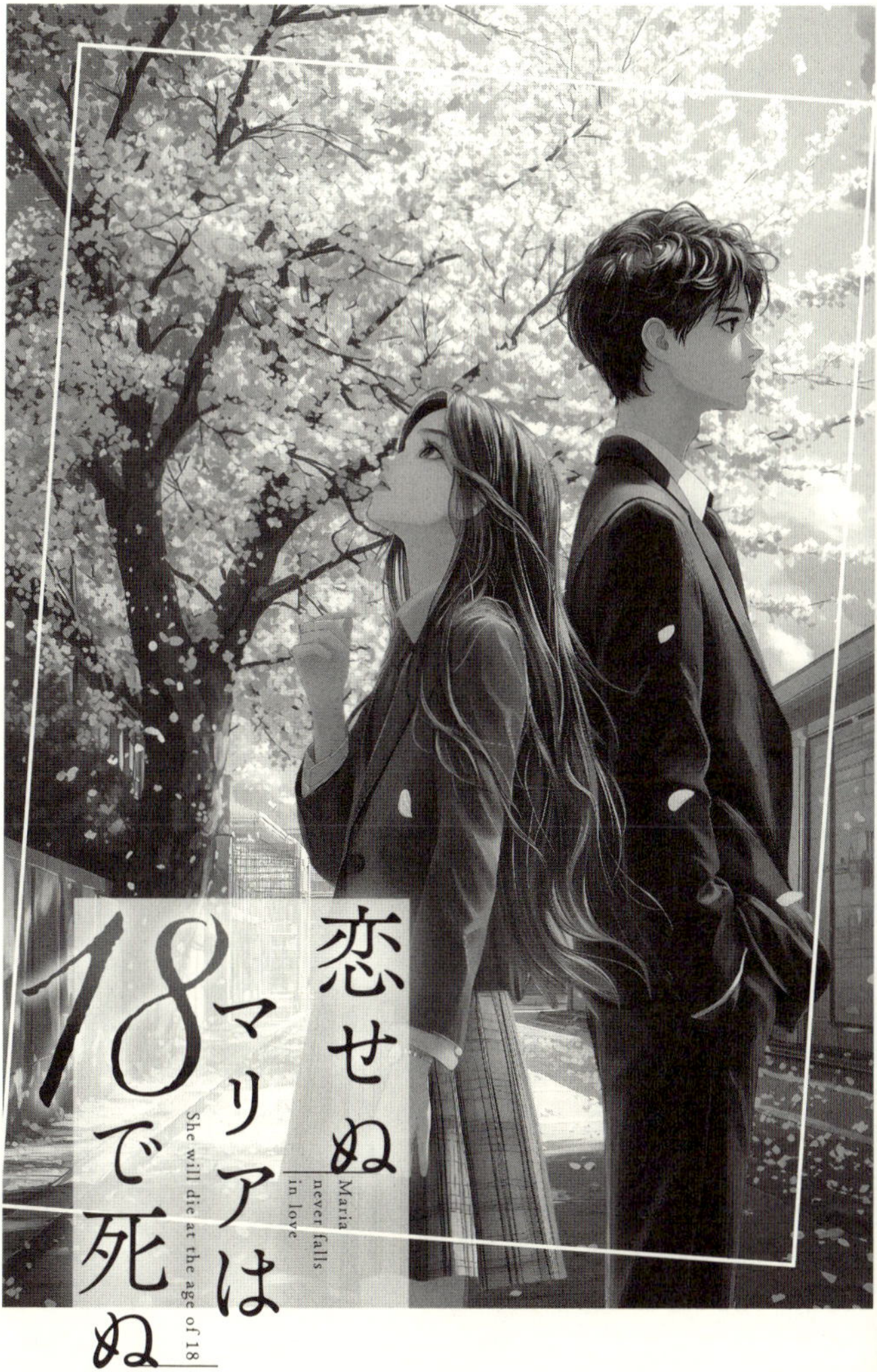
恋せぬ
マリアは
18で死ぬ
Maria never falls in love
She will die at the age of 18

第一章　四堂蓮人、十七歳、二〇四四年、初夏

「俺と付き合ってくれない？」

告白の言葉として、何がふさわしいかけっこう長い間悩んだ。できれば嘘はつきたくない。でも一世一代の嘘をつく必要が、俺にはある。

本当の気持ちを隠すのに、言葉選びは重要だ。それでいろいろ考えはしたが、彼女を前にしたとたん、冒頭の、シンプルすぎる言葉だけが口から出てきたのだった。

彼女――宇野麻莉亜《うのまりあ》は、大きな目で、なぜか挑むようにじっと俺を見つめた後、視線を傍《かたわ》らの木に移す。

その木は、学校の体育館倉庫裏にひっそりと、一本だけ屹立《きつりつ》していた。なかなかの大木だが、幹の一部が黒く腐食し、素人目《しろうとめ》にも枝ぶりは不格好だ。二股《ふたまた》に分かれた太い枝の片方が、途中で折れてしまった痕跡がある。残った枝は空に向かって高く伸びているが、葉がまばらについているだけで、込み入った灰色の枝が無機質な印象だ。季節は五月――校内に植えられている他の木々には、柔らかな新緑が芽吹《めぶ》いているというのに。

その、半分だけになっている枝先を、宇野はじっと見上げている。

沈黙は長い。体育館倉庫の屋根越しに、昼食を終えた生徒たちのはしゃぎ声が間遠《まどお》に聞こえてくる。

彼女の沈黙は拒絶と受け取れた。断りの言葉を考えているのだろう。俺は交渉を諦め、忘れてくれるように言おうとした。

するとと、木を見上げたまま彼女は訊いた。

「四堂《しどう》君。この桜の品種、知ってる?」

「……いや、これが桜だって今知ったくらい」

「ソメイヨシノだよ。聞いたことない?」

「あー……昔の桜の名前だっけ」

ソメイヨシノは、かつて、春の代名詞と呼ばれるほどメジャーな桜だったらしいが、今では違う。第二次世界大戦後、全国に植えられた同種の桜は、樹齢六十年を過ぎる頃から次々に寿命《じゅみょう》を迎えた。まだ比較的若い木も伝染病で枯れてしまい、二〇三〇年頃には、日本中のおよそ九割のソメイヨシノが死に絶えたと、小学校の頃に習った。

宇野は生真面目《きまじめ》な横顔を見せたまま言う。

「ソメイヨシノって、品種改良されたクローンなの。最初の一本から接ぎ木されて、全国に広がっていったんだよ」

俺は少しの間沈黙してから、「へえ」と曖昧《あいまい》な相槌《あいづち》を打った。そんな俺の薄い反応などお構いなしに、宇野は話を続ける。

「クローンだから、伝染病にも弱かった。テング巣病っていうのがあってね。枝だけが細かく発達し、花をつけなくなる。ほら、この木も、枝先が鳥の巣みたいになってるでしょ」

「……でも、まだ生きてはいるんだろ？　あの辺は葉がついてる」

俺は、かろうじて葉が見られるあたりを指さした。宇野は重々しい声で答える。

「半分死んで、半分生きている状態なのかもね」

その言葉に他意はないのだろう。それでも俺は、軽く息を呑《の》んだ。

半分死んで、半分生きている。

まるで自分のことを言われたような気がしたからだ。

「わたし、ここに来たときにはチェックしてるんだ。この木がまだ、生きているかどうか」

宇野が木を見ている理由はわかったが、俺はここに、桜について話をするために来たわけじゃない。

告白をし、付き合ってもらうためだ。

俺達の学校にはいくつか告白スポットがあって、ここは比較的成功率が高い場所なのだと、誰かに聞いたことがあったから。

場所が告白の成功率に影響するなんて、正直バカバカしいと思う。普段の俺なら信じない。今だって信じているわけではないが、少しでも可能性があるなら賭《か》けるべきだろう。

それほど俺には、後がない。

宇野はまだ桜を見上げたままだ。俺は息を殺すようにして、彼女の反応を待つ。すると。

「どうしてわたしと付き合いたいの？」

再び、静かな声で彼女は訊いた。

頭の中でいろいろなパターンを用意してここに来ている。付き合ってくれと頼んで、あっさりＯＫしてくれるのが一番楽ではあった。でも普通なら、必ず理由を訊ねられる。

そうしたら、俺は嘘をつくしかないんだ。

「好きだから」

よどみなく答えると、彼女はようやくこちらを向いた。

女子の顔の造作について、普段まったく興味のない俺でも分かる。

宇野麻莉亜は、かなりの美人だ。肌は白く、長い髪もこちらを見据える瞳も、ほんの少しだけ色素が薄い。彼女は微笑《ほほえ》んだまま俺を見つめ、そして言った。

「嘘つき」

確かに嘘だった。俺は彼女のことを、別に好きでもなんでもない。

というより、誰のことも好きではない。家族や友人に対する好きとは違う、恋という言葉に付随《ふずい》する「好き」という気持ちは、一切、持ち合わせていない。

　それでもこんなにすぐに見抜かれ、嘘つきと言われるとは思わなかった。ただし宇野の言葉には、糾弾《きゅうだん》するような響きはない。柔らかな微笑を浮かべたままで、一歩、俺との距離を詰める。

「四堂君は、わたしのことは好きではないよ。それなのにどうして、わたしと付き合いたいの？」

「それは……」

「死にたくないの？」

　彼女が、そのことを持ち出すとは思わなかった。ということは、彼女は「信じる派」ということだ。

「ごめん」

　俺はうつむき、腹を括《くく》った。

「確かに俺、死ぬわけにはいかないんだ。それで、宇野なら俺を変えられるかと思った」

「死にたくない、じゃなくて、死ぬわけにはいかない、かあ。どうしてなのか、訊いていい？」

「弟がいる。五歳下に。障害があって、一人で生きていくことができない。親はいつか先に死ぬだろ」

雪人《ゆきと》のことを、自分から話すのは初めてだ。それも、あまり知らない人間に。

そう。宇野麻莉亜は、俺にとって、単なるクラスメート以上の存在ではない。もちろん、向こうもそうなのだ。

「なるほど」

宇野は突っ立ったままの俺のまわりを、ゆっくりと歩き始める。すぐ横を通ったとき、俺は嫌でも身体《からだ》が固くなるのを感じた。

「じゃあ、どうしてわたしを彼女にしたいと思ったの？　四堂君、モテるでしょう？　クラスにも四堂君のファンって子、けっこういるし」

俺は少し顔を歪めた。

「女が嫌いだから」

宇野は立ち止まる。ちょうど正面にいて、えっと驚いた顔をする。

「もしもし？　わたしも、一応、性別は女のはずだけど」

「女だけど――顔、見ることができる」

もう、取り繕《つくろ》う必要は感じなかった。できれば宇野に、告白を受け入れてもらいたい。

「他の女子の顔は、見ることできないの？」

「少しの間なら可能だけど、気分が悪くなる」

これはどうしようもない。女という性別の人間を前にすると、身体が萎縮《いしゅく》する。胃がむかむかして、最悪、トイレに駆け込んで吐いたこともある。

本当は高校からは男子校に通いたかった。しかし第一志望の私立校に落ちてしまった。それで共学の都立に来たわけだが、中学時代と同様に、女たちは煩《わずら》わしかった。俺がどんなに冷たい、そっけない態度をとっても、放っておいてくれない。部活動を覗《のぞ》きに来て騒ぎ、手作りの菓子を下駄箱《げたばこ》に入れてくる。気持ち悪くて昇降口のゴミ箱に捨てたいのを我慢し、家に持ち帰って捨てる。

「どうしてわたしは平気なのかな」

首をかしげながら、宇野は再びじっと俺を見てくる。

顔……というより、目が大丈夫なんだろうな、と前に気づいていた。

一度廊下《ろうか》でぶつかって、落とした教科書を彼女が拾ってくれた。慌てて俺もかがみ込み、教科書を受け取るとき、まともに目と目が合った。

純粋に、綺麗《きれい》な瞳をしているな、と思ったんだ。

微塵《みじん》も気持ち悪さなど感じなかった。だからもしかしたら彼女なら、と思ったのだ。

でも、どうして大丈夫だったのかは、今も分からない。

「……ごめん。宇野。無理言って。忘れてくれると助かる」

俺は白旗《しらはた》をあげ、その場を去ることにした。

「待って。まだ話は終わっていないんだけど」

軽やかな声に呼び止められる。振り向いた俺は嘆息《たんそく》した。

「宇野の予想はあたり。俺は生まれてから一度も、誰かを好きになったことがない」

女どころか、男も。およそ恋情というものが分からない。

「……それで、もしかしたら宇野だったらって、勝手に思った。だから告白した。宇野と付き合えば、少なくともこの病的な女嫌いは直せるかもしれないと思ってさ」

身勝手なのは承知している。宇野には宇野の都合というものがあるだろうに。

それでも俺は、彼女に賭けたかったんだ。

「わたしね、好きな人がいるんだ」

彼女は、はっきりと言った。それは想定していたことだった。

「分かった。時間取らせてごめ……」

「でもね、その人は、わたしを好きじゃないの」

彼女の口調は歌うようだ。俺がなにかを言うより早く、続ける。

「というより、誰のことも好きではないの」

「それって……」

「うん。同級生だよ。この学校。だから、彼の誕生日が来る前に、わたしのことを好きにさせたい。そうじゃないと――死んじゃうからね」

俺のような人間は、世間一般的には少ないはずだ。生まれてから、ただの一度も、人に、誰かに、性的にも感情的にも惹《ひ》かれたことがない、という人間。

それが同じ学校にもう一人はいるとは、驚くべきことだ。

「ねえ、四堂君。わたしと取引しない？」

風で乱れた髪を耳にかけながら、宇野は言った。

「取引？」

「わたし、四堂君と付き合うよ」

「……本当に？」

「自分で申し込んだのに、なにそんなに驚いてんの」

「いやだって、今、好きなやつがいるって」

「うん。だからこそね、四堂君と付き合う。もしかしたら、それで、わたしの好きな人が、少しはヤキモチを焼いてくれるかもしれない」

そこで宇野は、初めて、少し体裁《ていさい》が悪そうな顔をした。

「ちょっと陳腐《ちんぷ》な作戦かな」

「いや……こっちはありがたいけど」

「でも、わたしたち、ただ付き合うだけじゃ駄目だよね。四堂君が、ちゃんとわたしを好きにならないと」

それはそうだ。

「そこは保証できないよ？　わたし、自分で言うのもなんだけど、周りが思うほど女の子らしくないからね？」

もしかしたら、そこが逆に安心できるのかもしれない。彼女は、見た目は女子そのものなのだが、こうして話すと、同世代の男友達に通じる気安さや、思い切りの良さを感じる。まっすぐこちらに向けられる目には媚《こ》びなど一切なく、言葉は明確でわかりやすい。

「まあ、でも、形から入らないと……そればかりは、わからない」

目的を達成するだけなら、わざわざ付き合う必要はない。単に、彼女に一方的でも片思いすればいいだけだ。しかし、病的な女嫌いの俺には、それは難しい。だから無理矢理にでも付き合っているという状況を作り出し、自分を追い込めるか確かめたかったのだ。

「四堂君、誕生日はいつなの？」

その質問は唐突《とうとつ》なようで、重要な意味を持つ。

「……二月。二月二十四日」

宇野は指を折って数え始める。

「九ヶ月か。じゃあ、しばらくはお試しってことで。でも、もし、どうしても好きになれる要素がないってわかったら、すぐにお別れしよう。他の人で試さないといけないもんね」

「分かった。ありがとう、宇野」

「どういたしまして。あ、そうだ、もうひとつ大事なこと」

「なに？」

宇野麻莉亜はにっこりと、花のような微笑を浮かべると、ひそやかな声で言った。

「わたしのこと、好きになってもいいけど、同じ気持ちは期待しないでね？」


西暦二〇四〇年を過ぎた頃から、とある噂《うわさ》が、若者たちを中心に囁かれるようになった。

「十八歳までに恋愛しないと、死んじゃう病があるらしいね」

死に至るほどの病には、必ず原因がある。悪性腫瘍《あくせいしゅよう》、心筋梗塞《しんきんこうそく》、脳血管障害、臓器の機能不全。しかし、「その病」は、医学的根拠は皆無だった。

そもそもは、十八歳の誕生日に突然死する若者が散見されるようになったことが噂の発端だ。前日まで普通に暮らしていた、健康体だった若者が、誕生日を迎えたその日に心臓発作《ほっさ》で死んでしまう。突然死自体は珍しいことではないが、誕生日の当日に、という状況があまりにもセンセーショナルで、数としては多くはないものの、SNSを中心に広まるには十分なドラマ性があった。

そのうちに、誰かが言いだした。十八歳になったその日に突然死した彼らには、共通点がひとつだけ存在する、と。

　それは彼らが、普段から恋愛に興味を抱かず、生まれてから一度も誰のことも好きになったことがない、というものだった。

　アセクシャルという言葉がある。他人に対し、性的な惹かれがない人たちのことだ。明確に、ＬＧＢＴＱの中に分類される性の特徴のひとつである。そのアセクシャルにもいろいろあって、他者と性的につながることができる者もいれば、恋愛感情のみを抱くことができる者もいる。両方ができない、つまり、性的にも感情的にも一切他人に惹かれることができない者を、アロマンティック・アセクシャル、現代では、通称ＡＡと呼ぶ。

　自分がそうなのだとカミングアウトしていた人々が数人いて、彼らは全員、十八歳で死んだ。それが噂に説得力を与え、とうとう国も調査に乗り出した。

　しかし現時点で、科学的な解明はされていない。

　アメリカに、マーカス・ウィリアムズという、高名な遺伝子工学の博士がいる。昨年、彼の研究結果がＷｅｂにアップロードされた。

　ウィリアムズ博士によれば、この深刻な事態には、なんらかの、神経系変異が関係しているという。人間は、愛情を感じることで神経系が活性化し、心臓のリズムを正常に保つための機能を得られる。人類は、意図せず、自覚のないまま、長い年月をかけて、愛に関する遺伝子情報を作り上げた。その重要な遺伝子を次代に残せない者は、生命を終えてしまうという説だ。しかし、ウィリアムズ博士の話も、まだ仮説に過ぎない。

ただ、死に至る条件は明確になっている。

友達が多いとか、家族の仲がいいとか、一切関係がない。彼らに共通することは、ただひとつ。「性的な意味合いでも」「感情的にも」他人を好きになることができない、だ。

他者を、恋愛対象として見ることができない。幼い頃に経験した淡い初恋ですら、死の免罪符《めんざいふ》になるというのに。

俺、四堂蓮人《れんと》は、その経験がなかった。

自分なりにいろいろ改善を試みはした。

女がダメでも、男相手なら恋ができるのだろうか、と考えたこともある。しかし、無理だった。自分の性的志向を無理やり作り上げることはできない。

誰であろうと恋愛関係になるのは吐き気がするほど嫌だ。肌が触れ合うのはもちろん、指先が触れることすら、おぞましいと感じる。

それでもつい先日までは、十八で死ぬ病など、噂に過ぎない、根拠のない都市伝説みたいなものだ、と自分を信じ込ませようとしていた。偶然が重なり、SNSが無責任に騒ぎ立てただけの作り話だ。そう考えようと。

しかし、この春、著名なアイドルユニットのメンバーがひとり、突然死した。

十八の誕生日で、検視の結果、心臓発作による突然死、とされた。

彼の名前は成瀬葵《なるせあおい》。中性的な外見と天真爛漫《てんしんらんまん》な笑顔、天使の歌声と呼ばれる独特なメゾソプラノの声を持ち、弟の雪人が唯一好きなアイドルだった。

彼は自分の特性を表明していた。

自分はアロマンティック・アセクシャルであること。ファンを愛しているけれど、誰一人、恋愛対象にはなり得ないということ。

死んでから二ヶ月、今でも世間には不穏な噂の渦《うず》がくすぶっている。

胸を左右に大きく広げ、自分の左腕と平行に弓を引き絞《しぼ》る。

遠くの的《まと》を見るというより、自分の身体《からだ》の均衡を考え、極まったところで矢を放つ感じだ。

「――的中《てきちゅう》!」

後輩が声をあげると、歓声が響いた。

弓道部《きゅうどうぶ》の射場《しゃじょう》は他の運動部同様、外部から見学が可能になっている。

礼をして下がると、部活仲間の内藤《ないとう》にさっそく絡まれた。

「この状況で決めるとか、おまえほんとにメンタル強いな」

「そうか?」

「蓮人くーん、とか、蓮くーんとかって、全員おまえの彼女気取りかよ」

確かに。俺のことを、なぜかみんな下の名前で呼ぶ。顔も名前も知らない女子も、後輩も。

内藤は大真面目《おおまじめ》な顔で言う。

「おまえなんか、顔が良くて背が高くて、運動神経が少しだけ人より良くて、勉強が学年で五番以内ってだけの男なのにな」

「おまえが勝ってることもある」

「なんだよ、どこがだよ」

「……優しさ？」

内藤は、かーっと大げさな声をあげて俺に背後から抱きついてきた。

「おまえずるいぞ！　そのひとことで俺の心をかき乱すとは！　このカワイ子ちゃんめ！」

暑苦しくてやめてほしいが、思わず笑ってしまう。内藤は普通にいい奴なのだ。すると、

「内藤、あんた蓮人に絡みすぎ」

横合いから、部長の高柳晶子《たかやなぎあきこ》が笑いながら口を挟んできた。内藤の軽口に付き合うつもりでいた俺は、とたんに身体を固くしてしまう。

「絡んでない。スキンシップだ。バカヤローめ」

明るく応じる内藤とは対照的に、俺はこういうとき、明らかにテンションが下がってし

まう。

「じゃあ俺、先にあがるわ」

高柳は少し傷ついたような顔をした。

「え、でもさ、このあと三年だけでラーメン食べて帰ろうって」

確かにそんな話がメッセージアプリのグループに来ていたはずだ。でも俺は参加できない、にマルをつけていた。

「……あー。悪いけど俺、家の用事が」

そんな顔をしないでほしい。俺は別に高柳が嫌いなわけじゃない。むしろ、文武両道で後輩の面倒見もいい彼女のことを、尊敬している。

でも、彼女の表情や、時折寄越す視線、部活中にはしゃいで腕に触れてくるときなどに、どうしても、中学時代の同級生を思い出してしまう。

中学のときは、今より、女嫌いをうまく隠せていた。友達として接することで良好な関係を保てていた女子もいた。彼女は、俺を好きだと言った。告白されて、断ると、傷ついた顔をした。これからも仲良くしてね、と彼女は笑ったが、俺がもうダメだった。

気持ち悪くて。

同じ部活の、しかも部長でもある高柳とは、万が一にもそういう事態に陥《おちい》りたくない。俺の勘違いや自惚《うぬぼ》れだとしたら、その方が百倍マシだ。だから、個人的な集まりには参加しないと、線引きしている。

「蓮人が外での集まり好きじゃないのは分かるけど、うちらこの夏で引退だし、最後だから、もっと絆《きずな》深めるためにも行こうよ」

「高柳ぃ、四堂に無茶言うなよ。四堂はなあ、おまえと違って暇人《ひまじん》じゃねーんだ。俺が二人分盛り上げるから、それでいいだろ？」

内藤が助け舟を出してくれる。内藤は三年連続同じクラスでもあるため、俺が女子を苦手としていることを知っているのだ。

「ごめんな、高柳」

「蓮人先輩」

二年の男子が、弓道場の入口から俺を呼んだ。振り向くと、なぜか顔を赤く染めた後輩が、上ずった声で言った。

「あの、お客様、です」

お客様？　その言い方が不可解で反応できずにいると、

「あ、いたいた、四堂君」

長い髪の女子が、ぴょこん、と入口から顔だけのぞかせた。

「部活終わった？　もう帰れる？」

彼女は周囲の視線など気にする様子もなく、俺に手を振りにこにこと笑っている。

「う、宇野まりちゃん?」

隣で内藤が、うおーっと謎の雄叫《おたけ》びをあげた。

「一緒に帰る約束したっけ」

少し距離をあけて歩く宇野麻莉亜に、俺はそっと訊いた。彼女が押す白い自転車を間に挟んでいる。

「え、してないよ? そういう約束も含めて今日中にいろいろ決めておきたいと思って、弓道部が終わるの待ってたんだ。迷惑だった?」

「いや……」

俺が宇野に告白し、一応は付き合うことが決まったのは、昨日のことだ。宇野は協力する、とは言ってくれたが、具体的な取り決めはなかった。すぐに授業が始まってしまったし、連絡先すら交換しなかった。

教室でも、特に話さなかった。だから俺は、あれは宇野なりの気遣いで、何かが新しく始まるわけではないんだな、と納得していた。

頭の中では冷静に、宇野がダメなら、他で試さないと、とも考えていた。なんとしても誕生日までに誰かを好きにならなければと。

「宇野、家近いの?」

どうだろ、と少し考えてから宇野は地名を言う。俺は驚いた。

「俺より遠いね。なんで自転車通学してんの？」

「慣れれば四十分くらいで着くよ。運動不足解消のためにさ、一年の頃から自転車で通ってる」

ほとんどの生徒が電車通学のはずだ。その中で、数年に渡って自転車を漕《こ》いでいるとは。なかなかできることでもない。

「四堂君さ、部活って何曜日が休み？」

「夏の総体直前は毎日だろうけど、今はまだ、火曜日と日曜日が休み」

「火曜日はわたしが部活ある日だなあ」

「宇野って何部なの？」

えっ、と宇野は信じられないといった顔で俺を見た。

「わたしが何部かも知らないで告白したの？」

「うん」

「もう。雑だなあ。好きな子の部活なんて当然知っておくべき情報だよ」

「部活を知ってたとしても、宇野は嘘を見抜いただろ」

「まあ、ねえ。だって四堂君の目、全然ハートになってなかったし」

「漫画かよ」

宇野は、あはは、と大口を開けて笑う。

女子とこんな風に並んで、ごく自然に会話が続くのは初めてだ。自転車が間にあるせいなのか。宇野が自然体なせいなのか。やっぱり宇野は特別なのか。

「で、今さらだけど、何部なの？」

「調理部」

「へえ」

「あ、意外そうな顔したね」

「うん。勝手に運動部のイメージだった。去年とか、クラス対抗のリレー選手に選ばれてなかったっけ」

去年は違うクラスだった。でも、男子たちがこぞって他クラスの宇野を応援していたから、いったい何事だと驚き、記憶に残っている。

「中学のときは、陸上部だった。短距離」

「やっぱりな」

「でも、走るの嫌いだって気付いたんだよね。早く、もっともっと、一秒でも早くって走ってると、自分の心臓の音しか聞こえなくなって、なんか怖くなっちゃって」

俺はなんと答えたらいいのかわからず、沈黙する。

自分の心臓の音。

ウィリアムズ博士が、論文で言っていた。十八歳で死に至る病の名は、『ラストハートビート』だと。

「まあとにかく、苦しいことはしたくないなって思って。何が好きか考えたら、美味《おい》しいものを食べることだったから」

「作ることじゃなくて?」

宇野は朗《ほが》らかに笑う。

「食べること! 作るよりも食べるほうが好き。だから調理部でも、食べ専《せん》とか言われてるんだ」

「正直だな」

俺は笑っていた。宇野麻莉亜は、話に聞いていたのと少し違う。もちろんまだ互いについてよく知らないが、少なくとも、男子たちが半ばアイドル化して語る「宇野まりちゃん」とは違うようだ。

宇野はとにかく可愛《かわい》いし、優しいと言われていた。男女ともに人気が高い。普通、男にモテる女子は同性から嫌われそうなものなのに、宇野は女子の友達も多く、教室でもいつも人に囲まれていた。

『誠心誠意、お願いすると、一度だけデートしてくれるらしい』

そんな噂《うわさ》も聞いていた。優しすぎるから、泣き落としに弱く、チャンスをください、と泣きつくと、「一回一緒に遊びに行くくらいなら」と言ってくれるとか。

それでも学校のマドンナに特攻できる男はそう多くはなく、入学してから申し込んだのは数人のみ。彼らは、一度きりのデートで終了してしまった。

男を次々に袖《そで》にしていたら悪い噂を立てられそうなものなのに、それも聞かない。短い間でも夢を見られたことに、皆満足し、感謝さえしているのだ。

だから。

俺は、俺の計算ずくの告白だって、受け入れてくれるんじゃないかと踏んでいたんだ。最悪、たった一度のデートでも、未知の感情が芽生《めば》えるきっかけになればいい、と。

結果、嘘を見抜かれたわけだが、俺の死を回避させるという名目で、彼女は自分の時間を割《さ》いてくれている。

取引と彼女は言ったが、俺と付き合うことになったとして、彼女の目論見《もくろみ》……つまり、好きなやつにヤキモチを焼かせる作戦が、どれほど功を奏するかは分からない。だからやっぱり、彼女は単に優しいのかもしれないなと思う。

「自転車押すのかったるいだろ？　もう行きなよ。駅まですぐだし」

なんとなく気を遣うべきだと思ってそう言うと、宇野はきょとんとした顔をした。

「ダメだよそれじゃ。お互いの目的が果たせなくなる」

「俺はともかく、そっちの目的は、好きなやつにヤキモチ焼かせることなんだろ？　俺と一緒に帰るくらいで、嫉妬《しっと》させられるか？」

「四堂君は、恋する人間の心理をよくわかってないな」

「……たしかに。それ言われると返す言葉がない」

「でしょ？　恋心については、わたしは四堂君より詳しいの。で、嫉妬ね。人間は独占欲の塊《かたまり》なんだから。自分のこと好き好きーって態度の女の子が、急に他の男子と仲良くしだしたら、気になって当然」

良くわからないが、そういうものなのか。

「それにさ。四堂君は、わたしを好きになる前に、まず女嫌いを直さないと。そのために、少しでも一緒に過ごす」

「俺の女嫌いって、けっこう筋金入《すじがねい》りだけどな」

「大丈夫。だって四堂君は、わたしと見つめ合うことができるんでしょ？」

「短い時間なら。でもそれも、例外中の例外だから」

「はっ。まさかと思うけど、やっぱり女に見えていないとか？」

いやまさか。でもとっさに答えられず、俺は考え込んでしまった。宇野はショックを受けたような顔をしていたが、やがてこらえきれない様子でぷっと噴き出した。

「やっぱり四堂君はおもしろい」

「は？」

「うちの兄に似てる。だから余計、親近感が湧くのかも」

兄がいるのか。それにしても、「親近感が湧く」なんて初めて言われた。

「あ、ちょっと待ってて。これ持って」

宇野は自転車のサドルをぐいっと俺に押し付けると、道の反対側のコンビニに走って入っていった。

俺はぼんやりする。

つむじ風みたいだな。表情がくるくる変わるし、早口でしゃべるし、行動の予測もできない。

でも、不愉快ではない。

宇野は、すぐに戻ってきた。手にはアイスを持っている。

「今ここで食べよ」

「俺も?」

「うん」

半ば強引に、道沿いにある公園へと促される。別に引っ張られるわけでもないのに、なぜか素直に従ってしまう。

宇野はベンチに腰掛けると、アイスを二つ見せて言った。

「こっちのチョコと、こっちのミント。どっちがいい?」

「……じゃあ、チョコで」

ミントアイスは食べ物だと認識していない。歯磨《はみが》き粉《こ》の親戚《しんせき》だと思っている。

「よくこんな風にアイス買い食いすんの？」

「うん毎日」

「毎日？」

「家までの間に、ここより小さいけどいい感じに落ち着ける児童公園と、横に駄菓子屋があってね。そこで帰りにアイス買って、公園で食べて帰るのが日課」

「ひとりで？」

「うん。たまーに小学生くらいの子が羨《うらや》ましそうに見てくるけど、あえて見せつけながら食べる」

「性格悪くない？」

「そう。わたし、本当は性格悪いの。美味しいものは、誰かに見せびらかしたくなっちゃうの」

たかがアイスだけどな。そう指摘はしなかった。宇野がまるで褒《ほ》められたかのように自分は性格が悪いと笑い、本当に嬉しそうに、幸せそうにアイスを食べているから。見ていると、ミント味も悪くないんじゃないかと思えてくる。

「さて。じゃあ、計画ね」

　宇野は食べ終わったアイスの棒を口でくわえたまま、カバンからスマホを出した。メモを開き、片手で打ち込んでゆく。

「ステップ1。夏までに、女子嫌いを克服する」

「え、そんなに早く？」

「九ヶ月しかないんだよ。逆算したら、そのくらい。ステップ3で、好きな人を作らなくちゃならないんだから。しかもわたしたち受験生でしょ？　効率よくいかないと」

　なるほど。論理的だ。

「じゃあ、ステップ2は？」

「ステップ2。秋までに、わたし以外の女子の友達を三人作る。こら、そんな顔しない」

　俺は眉《まゆ》をさらに寄せた。

「……一人でも難しいのに」

「だからやるの。意識的に。女嫌いが直ったら、女子と接しやすくなるでしょ。仲良い子が三人できたら、その中の誰かのことを好きになれるかもしれないでしょ」

「まあ、確かに」

　俺は立つと、宇野がくわえたままのアイスの棒を彼女の口から抜いた。

　そのまま、自分が食べ終わったアイスのゴミと一緒に、道の反対のコンビニに捨てに行った。

戻ってくると、宇野がなぜか、しょんぼりした顔をしている。

「わたしね、アイス食べ終わったあとの木の棒の味が好きなの」

俺は非常にびっくりした。

「えっ」

世の中にそんな人間がいるのか。逆に俺にしてみれば、女子が口にくわえているものに手を触れるという、普段だったら絶対にやらない善意のつもりだったのに。

「そうなんだ。それは、ごめん」

「うん。次にやらなければいいよ」

「ああ……って、またアイス食うの？」

「もちろん。これから、火曜日と木曜日は一緒に帰ろう」

「木曜は俺部活……」

「待ってるよ。図書室で、偉い子ちゃんは勉強をする」

「あー、うん」

「四堂君は、一駅先から電車に乗る」

「なんで」

「そこまで一緒に歩く。そうしたら、お互いに距離が縮まるし、効率的に時間が取れるでしょ」

「まあ、一駅くらいなら」

「一駅先に、さっき話した公園と駄菓子屋がある。そこでアイス食べながら話をしたり、女嫌いを克服する練習をする」

考えてみたらとてもありがたい話だ。俺は素直に頭《こうべ》を垂れる。

「よろしく。でも、宇野の方は？　宇野が好きなやつと両思いになるために、俺は具体的に何すればいい？」

宇野はにこっと不敵に笑った。

「それはちゃんと、別に考えるから、また今度ね」

俺は頷《うなず》き、そこで、重要なことを聞いていなかったことに気づいた。

「ところで、誰が好きなの？」

宇野はそのとき、なぜか、とても静かな目をした。顔が赤くなったりとか、焦ったような様子はない。

凪《な》いだ海のような、とても静かな目をして、彼女は言った。

「……青羽泰親《あおばやすちか》君」

知らない奴の名前だった。

家に帰ると、いつもより遅い時間だった。結局あれから宇野と小一時間ほど話しながら歩いて帰り、駄菓子屋と公園の場所も確認した。

八時過ぎだ。宇野は寄り道なんかして、帰り道は大丈夫だったのかな、とふと心配になる。しかし本人は夜道の自転車にも慣れてるの、と胸を張った。自転車の前かごに入っていたヘルメットをしっかりとかぶり、意気揚々《いきようよう》と漕《こ》ぎ出して、あっという間に住宅街に消えていったことを思い出す。

「……ただいま」

無人のリビングに向かって声を放つ。電気を点けると人工的な灯りが妙に白白と部屋を映し出した。

家は戸建てで、都下にしては広い方だと思う。むしろ広すぎる。今、この家には俺と父親しか暮らしていない。その父親は外資系のコンサル会社務めで出張も多く、ほとんど家にはいない。

食事は、平日は基本的に一人だ。俺はいつものようにTシャツとジャージに着替えるとエプロンをしめ、冷蔵庫の中を物色し、粛々《しゆくしゆく》と調理に取り掛かる。

「ご飯だけは、ちゃんと食べてね」

死んだ母親とそう約束をした。母は何度も謝った。

ごめんね。

雪人を、残していくこと、本当にごめんね。

そんな悲しい謝罪があるだろうかと未だに思う。

母は真面目《まじめ》で几帳面《きちょうめん》なタイプで、家のこともまったく手を抜かない人だった。俺が中学一年の春に、突然体調が悪くなって病院に行ったが、進行性のガンだった。しばらく闘病したものの、翌年の春に亡くなった。俺は十三歳になったばかりで、雪人はまだ八歳だった。

冷蔵庫から豚肉を出し、野菜と一緒に適当に炒《いた》める。味噌汁は、必ず作ることにしている。朝食時にも食べられるし、母との約束があるからだ。

スーパーの惣菜《そうざい》ばかりのおかずでもいいけど、お味噌汁だけは作りなさいね。

それで具合が悪いのに、だしの取り方を教えてくれた。

テーブルに皿を運び、ひとりで食卓に着く。母が存命中は決して許されなかった食事時にテレビを点けるということも、今では普通だ。適当に局を変えると、ちょうど特集番組をやっていた。

噂《うわさ》の真相を追う番組だ。

『ラストハートビート』は果たして本当なのか。

先日亡くなった成瀬葵のことを取り上げている。彼が、誰のことも愛することができないアロマンティック・アセクシャルだとカミングアウトしていたこと。誕生日の、さらに厳密にいえば、生まれた時間と同じ夕方四時三十二分に亡くなったこと。

医者や学者がもっともらしい意見を述べている。十八歳の誕生日当日に死ぬ若者の報告は年々増えてはいるが、古今東西《ここんとうざい》、突然死はそうめずらしいことではない。

ホルモンの問題だという見解も述べられている。愛情や性の欲求によって生じる、オキシトシンやエンドルフィンといった幸せホルモンに類似《るいじ》した物質が不足すると、若者の生命維持に問題が生じるのだと。

加えて街頭インタビューでは、「今まで誰のことも好きになったことがないから不安」と話す若者が答えていた。

俺はそれ以上見るに絶えず、テレビを消した。結局、いまだに明確な科学的原因はわからないまま、ウィリアムズ博士と似たりよったりの見解しか発表されていない。黙々と夕食を食べ終え、食器と一緒に弁当箱も洗う。ちょうど風呂が沸いたので、洗濯機《せんたくき》を回しながら入浴した。

熱い湯に身を浸していると、急にめまいを感じる。

ああ、良くないな、と気づいた時にはもう遅い。バスタブの中から、こぽこぽと大きな泡《あわ》が立ち上ってくる。

立てた膝の向こう側に、それは現れた。

長い黒髪の女だ。

年齢は、三十一歳。恨みがましい目で俺を見ている。

あんな番組を見たせいだ。

少しでも心が乱れた日は、こうして現れる。闇の中から、俺が弱っている隙《すき》を狙っているのだろう。

気を抜けば引きずり込まれる。

湯船の中に。

あるいは、階段の下に広がる薄闇の中に。

駅のホームから、線路に。

しかし、こんなときの対処法も取得している。

俺はもう、五歳の子供ではない。

頭の中に、なにか明るいイメージを広げるのだ。雪人の笑い声。親父《おやじ》の馬鹿笑い。内藤の寒いギャグ。それから。

（そうなの。わたし、性格が悪いの）

宇野の笑い声が響いた。

「失せろ」

自分でも強い声が出せたと思う。女は少し驚いたように目を見張って、それから、すっと静かに、湯の中に消えていった。

俺は急いでバスタブを出て、シャワーを浴びた。必死に、皮膚《ひふ》が擦りむけるほど強い力で体を洗い続けた。

風呂から出ると、めずらしく父親が帰宅していた。疲れた様子でソファに沈み込み、ビールを飲んでいる。

「お帰り」

「おー。おまえ、またちょっとデカくなったんじゃないか?」

「変わらないよ。久しぶりだからじゃない?」

「いーや。絶対にデカくなってるって。ちょっとこっちこい」

嫌だなあ、と思いつつ父親のところへ行く。並んでみると、わずかに俺のほうが高い。

「ほら見ろ、確実に成長してる」

「うーん。もしかして、そっちが縮んでるとか?」

「なんだと」

父親は笑いながら肩をくんでくる。

「どっちにしろ、俺に似て顔がいい。おまえ、モテるだろ」

「そうでもないよ」

面倒くさい会話だったが、普段仕事に忙殺されている父親が親子の会話を持ちたがっていることは理解できる。だから仕方なく付き合う。

「そうなのか。てことは、あれだな。おまえのモテ期は中学時代で終わりってことか」

「そうなんじゃない」

「でもまあ、好きな子くらいはいるんだよな」

そんなのはいないよ。いたためしもないよ。

しかし俺は気づいてしまった。軽口を装《よそお》いながら、父親の目は笑ってはいない。

なるほど、さっきの番組の続きを見たのかもしれない。もしくは、どこかで具体的な話を聞いてしまったか。

「ああ、いるよ」

だから俺は嘘をつく。

家族の心の平和を守るために。この家は、あまりにも多くの問題を抱えすぎ、悲劇を経験しすぎた。その悲劇には、俺自身も加担している。

これ以上、家族に心配をかけるわけにはいかなかった。

「ほんとか。どんな子だ」

「……可愛《かわい》い子だよ。まあ、俺の一方的な片思いだから、あんま訊かないでよ」

「なんだよー、お父さんがせっかく相談に乗ってやろうとしてるのに」

「いらん」

俺は苦笑しながらリビングから出る。心の中で宇野に謝った。

彼女に告白したのは事実だ。だから、嘘は半分だけ。

「蓮人」

呼び止められ、振り向くと、父が訊いた。

「今度の日曜、行くのか?」

「うん。そのつもりだけど。父さんは?」

「悪いが接待が入っちまってな」

「分かった。大丈夫。俺から言っておくよ」

「すまんな」

俺は自室へ行き、後ろ手にドアをしめて嘆息《たんそく》した。

父親はなんだかんだ理由をつけて、もう半年は雪人に会っていない。雪人が正月に一時帰宅したときは、海外出張に行っていた。

気持ちが沈みがちになっていると、スマホの通知音が鳴った。

宇野だ。帰り際に連絡先を交換したばかりだった。

『今日楽しかった。来週からレッスン始めるよ』

具体的にどういうレッスンをするのかは、まだ話していない。それでも俺は、

『了解』

とだけ、返信した。気の利《き》いた言葉を送ろうにも、とっさに何も思いつかない。しかし

宇野はさっぱりと「おやすみ」というスタンプだけ送ってよこした。俺はスマホを放りだしてベッドに横になった。

先程の風呂場での女の気配が、まだ残っている。五月だというのに部屋は蒸し暑く、妙に甘い香りが漂っているような気さえした。

このまま眠るとまずいことは経験上わかっている。起き上がって窓を開け、深呼吸を繰り返す。どうせ眠れないのなら、と参考書を出して勉強を始める。

来年は大学受験が控えている。

しかし、その前に誕生日がやってくる。勉強をしても無駄なんかじゃないか、という考えがどうしても浮かんでしまうが、それを無理やり振り払って数式の問題を解いていると。

ピロン、とまたスマホが鳴った。宇野だ。

『何度もごめんよ。どうしても今日中に紹介したくてさ』

なんだろう、と身構えていると、猫の写真が一枚、送られてきた。太ったサバトラで、目つきが悪い猫だ。こちらを睨《にら》むように目を眇《すが》めている。

『目つきわる』

と返信すると。

『お兄ちゃんだよ』

『え？』

『わたしのお兄ちゃん。アニって名前なの』

俺の手からシャーペンがぽろりと落っこちた。つまり、俺に似ているという宇野の兄とは、猫だったということか。

『ね？　目つきがめちゃくちゃ悪いのに、イケメンで純真そうな感じするでしょ？』

どこがだ。

猫は飼ったことがないが、これがイケメンではないということは、俺にも分かる。とにかく目つきが悪いし、鼻の下が黒いのは模様なのか鼻くそなのかよくわからない。

俺はしばらく考えて、

『俺のほうがまだマシな気がする』

と送った。少々不本意に感じたからだ。こいつと似ているなんて。

『いや』

とすぐに反応があった。

『まるで双子』

そして、双子の猫が二匹、肩を組んで歌うスタンプが送られてきた。

「はっ……」

思わず笑ってしまい、そんな自分に驚いた。そして気付いた。部屋の空気が、普通に戻っている。窓のところへ行くと、涼しい風が吹き付けてきて、不快な空気が払拭《ふっしょく》された。

どうやら大丈夫なようだ。俺はホッとし、ベッドに仰向《あおむ》けに倒れ込むと、安心して目を閉じたのだった。

「お兄ちゃん」

その呼称は、俺にとって特別なものだ。翌日曜日、俺は調布《ちょうふ》にある障害者施設を訪れた。雪人はふれあいルームで職員とパズルゲームをしていたようだが、俺を見つけると嬉しそうに車椅子《くるまいす》で寄ってきた。

「お兄ちゃん」

今年で十二歳になる弟は、身体《からだ》が大きい。まっすぐに立つことができないから普段はあまり比べられないが、すでに身長は百七十センチを越しているだろう。四堂家の男たちは代々背が高いんだ、と父親が言っていた。

ただし顔つきはだいぶ違う。特有の平べったい顔をしている。いつもにこにこしているが、気に入らないことがあると真っ赤になって泣き叫び、モノを投げつけたりもする。

それでも雪人は、生まれたときからずっと同じ、全幅の信頼を俺に寄せていて、会えばいつも嬉しそうにしてくれるのだ。

「約束のもの、持ってきたよ」

本屋で買ってきたクジラの写真集を渡す。雪人は生物が好きで、最近のお気に入りはクジラだった。

「わあ、ありがとう、お兄ちゃん！」

全身で喜びをあらわにする雪人。俺は職員の人と少しだけ話し、雪人の車椅子を押して窓側のラウンジへ移動した。

雪人はテーブルに写真集を広げ、嬉しそうに見ている。

「これはシロナガスクジラ、これはミンククジラ、これはザトウクジラ」

数年前までは昆虫が好きだった。その前は恐竜。いったん夢中になると、目にしたものの名前をすべて憶えてしまう。その記憶力は凄《すさ》まじく、時々、障害とはなんだろう、と考えさせられる。

「なあ、雪人。雪人は、好きな子っているのか？」

前にも訊いたことがあったが、また訊いた。雪人は指で何度もお気に入りのクジラをなぞりながらうん、と頷《うなず》く。

「マツシタさんが好き」

また変わった。俺は頭の中でマツシタさんの記憶をたどったが、ヒットしない。

「だれ？」

「マツシタさんは、優しくて綺麗《きれい》な人。声がとっても素敵な人」

いつの間にそんな表現を憶えたのか。

「声……ってことは、本読んでくれる人か」

「うん。一か月に一回来てくれるよ。面白い本をたくさん読んでくれるんだ」

障害者施設にはボランティアで本読みをする学生が来てくれることがある。マツシタさんとは、その一人かもしれなかった。

「もっと会えるといいのにな」

「うん。でも、お父さんよりたくさん会ってるよ」

俺は咄嗟《とっさ》に答えることができなかった。

「……父さん、忙しいからさ。でも雪人に会いたがっていたよ」

「本当？　雪人もお父さんに会いたい」

屈託のない顔で雪人は笑う。

雪人は、下肢《かし》の骨の異形成による身体的な障害に、知的障害も持って生まれてきた。母親が死ぬまでは自宅で生活をしていた。母が死に、一番困ったのが、この弟の面倒をみる人手がなくなったことだ。父は仕事が忙しい。それでも日中はヘルパーを頼み、放課後から翌朝までは、俺が面倒を見た。それは、俺が中学を卒業するまで続いた。俺は部活動を諦めねばならず、塾にも通えなかった。俺の状況を見かねた市の職員の勧めで、優先的に、この施設に雪人を入所させることができた。

しかし、ここは基本的に子供しか入所できない。雪人は十八歳になったら、大人の障害者施設に行くか、家族が引き取ることの二択になる。

それもあって、俺は、生きなければならないと考えたのだ。

雪人を引き取りたい。もう一度、一緒に暮らしたい。

入所した当時、雪人は泣いて暴れることが多く、家に帰りたいと言っていた。家出をして捜索願が出されたこともある。不自由な脚では遠くまでは行けず、近隣の空《あ》き地で膝を抱え込んで泣いているのを見つけた人が、通報してくれた。

今ではもうそんなことはない。彼はここに、生活の拠点ができている。それでも、雪人に家族は必要なはずだ。

俺が死んで、あの父が、雪人と正面から向き合うようになるとは思えない。面会に訪れる家族がいなくなっても、正月や盆休みに帰省《きせい》する場所がなくなっても、それはそれで、雪人はその日常に慣れるんだろう。

でも、そんな寂しい日常にしたくなかった。

母との約束もある。

雪人を生んだことを謝りながら、母は確かに言った。

弟のことをお願いね。ずっと優しいお兄ちゃんでいてあげてね。

「好きな人がいて良かったな」

心からつぶやくと、雪人は顔をあげて、満面の笑みを見せる。

考えてみれば、俺は先日の父親とまったく同じことを雪人にしている。

何度でも確認してしまうのだ。恋をしているか、した経験があるか。雪人は障害を持って生まれてきたが、十八の呪いは作用しない。彼はとっくに初恋をすませている。

そうであるならば、俺もまた、死ぬわけにはいかない。なんとか大学を卒業し、雪人と暮らせる方法を考えなければならない。

「お兄ちゃん。歌を歌うといいんだよ」

突然、雪人がそんなことを言った。

「歌？」

「クジラはねえ、好きな人にそばに来てもらうためにねえ、歌を歌うんだよ。お兄ちゃんも、歌うといいよねえ。好きな人が来てくれるからねえ」

俺は笑みを浮かべた。

「そうだな。来てくれるといいな」

雪人は鼻歌を歌いながら、次のページをめくった。


週明けの月曜日、教室に入っていくと、宇野と目があった。

「おはよう、四堂君」

ごく自然に挨拶《あいさつ》をしてくるので、

「おはよう」

と返すと、教室がざわめいた。内藤が俺の背中に飛びつくようにして訊いた。

「おま、この前といい、なんで宇野まりちゃんが個人的に挨拶を?」

そういえば、内藤はメッセージアプリでも訊いてきていた。部室に宇野が迎えに現れた理由を。俺は適当にごまかしたが、不自然さは拭《ぬぐ》えなかっただろう。それでも今も、無難に答えるしかない。

「……友達になったから」

「どど、どうやって友達に?」

「クラスメートなんだから、普通に友達くらいにはなる」

「本当にただの友達なんか?」

すると別の男子がすかさず口を挟む。

「それはそうじゃね? 四堂、おまえ、女子苦手って言ってたもんな」

「うん」

でも、と俺は続けた。

「宇野は苦手じゃない」

これを聞いた女子が、きゃーっと声をあげる。何をどう答えても騒ぎたいらしい。付き合うことになったとはいえ、俺と宇野は、秘密の契約をしただけで、厳密に言えばまだ友人ですらない。

当の本人は教室の前のほうですでに他の女子と楽しそうに話している。そして教室に入ってきた他の男子にも「おはよう」と声をかけたので、結局それ以上追及されることはなかった。


「ちょっと緊急会議」

しかしその宇野に、昼休み、小声で耳打ちされた。内藤は購買に出かけていて、俺は弁当を食べようと広げかけていたのだが、誘われるまま、移動した。幸い昼食時の喧騒《けんそう》で誰も俺達に注目はしていなかった。

校舎を出て、例の、死にかけた桜の木がある場所まで行く。

「ここで食べながら打ち合わせをしよう」

と宇野は言った。見れば彼女もちゃんと弁当を持ってきている。

公園ではない。ベンチなどといった気の利《き》いたものはない。ただ、体育館倉庫の手前にコンクリートの段差があり、腰掛けて弁当を広げるのにちょうどいい感じだ。

そこに並んで各々《おのおの》の弁当を広げた。

「うわ、四堂君のお弁当美味《おい》しそうだね」

「夕飯の残りメインだけど」

「お母さん、ちゃんとしてるんだねえ。彩《いろど》りもいいじゃんか」

　これを作っているのは自分だ。しかし、今はその話はしたくはなかった。だから黙って、アスパラのベーコン巻きを口に運ぶ。

「宇野のもうまそうじゃん」

「へへー。これはね、パパが作ってくれたんだ」

　宇野は自慢げにそう言う。

「へえ。お父さん料理すんの」

「うん。わたしとお姉ちゃんの分のお弁当は、だいたいパパが作ってくれる。自分の分と一緒にね。お姉ちゃんなんてもう大学生だから、学食で食べればいいのに、やっぱりパパのお弁当の方が美味しいって」

「いいな」

　俺は笑んだ。素直に、そういうのは羨《うらや》ましい。

「宇野は作んないの？」

「言ったでしょ。わたしは食べ専《せん》なんだって。部活だけじゃなくて、家でもそうなの」

　宇野の弁当箱には、小さな三色の俵《たわら》むすびと、唐揚《からあ》げやウインナー、きゅうりを飾り切りにしたやつなんかが、綺麗《きれい》におさまっている。

「お姉さんって、人間？」

宇野は一瞬ぽかんとした顔をして、ははっと笑った。

「うん。姉は人間」

「アニは猫」

「そう。アニは猫。お姉ちゃんは人間。あんまり仲良くないんだよね。姉は昔から、わたしに対してあたりが厳しいっていうかさ。わたしも可愛《かわい》げなかったし。それで、優しくて妹思いのお兄ちゃんが欲しかったんだ。そんなときに、庭に迷い込んできたのが、猫のアニ」

宇野はおそらく、ごく普通の、賑《にぎ》やかで温かな家庭で育ったんだろう。姉の文句を言いながらも、明るい口調からそう感じる。

「……それで、緊急会議って？」

「うんあのさ。今のままだと、わたし、女子に敵を作ってしまうかもしれない」

「え？」

「朝、四堂君におはようって挨拶しただけなのに。すでに数人の女子に睨《にら》まれている」

「考えすぎじゃなくて？」

「いや本当。わたしはね、こう見えて、ものすごく人間関係の変化に敏感なの。昔からそういう、女子特有の嫉妬《しっと》みたいなものを経験し、克服し、乗り越えてきたんだから」

「あー」

なるほど。なんとなく世渡り上手《じょうず》な気はしていたが、やっぱり、それなりのことは経験してきているのか。今、彼女は、誰からも好かれているように見える。俺の人間関係は狭いが、そこでも、彼女の悪口は聞いたことがない。

皆は言う。

宇野まりは、本当に優しいから。

「じゃあ、どうすればいい？」

俺は箸《はし》をいったん置いて、彼女に向き直った。

「え、四堂君、真剣に考えてくれるの」

「当たり前だろ。もとはといえば、俺がお願いしたせいだし。それで迷惑かけるのはあまりに申し訳ない」

「わあ」

「わあ？」

「四堂君って、やっぱりアニに似てるなあ」

「おい」

「いや真面目《まじめ》な話だよ。うちのアニ、かなりツンデレでさ。わたしが元気ないと側から離れようとしないんだよね」

「俺は離れるけどな」

「ほら、ツンデレだ」

宇野との会話は、まったく予測がつかない。

「で、どうする？　学校では話さないことにする？」

「いや、それも考えたんだけど、そうすると接する時間も減るしねえ。近々、わたしが好きな人のことも紹介したいと思ってるのに」

確かにそうだ。

「じゃあ……」

「いっそさ、付き合うことにしたって、オープンにしない？」

宇野はそう提案した。

「中途半端に仲良くするから、周りの人達もやきもきするんだと思う。でも、お試しで付き合ってみることにしたって言えば、しばらくは温かく見守ってくれるかも」

「そういうもんか？」

「うん。実はわたし、去年、サッカー部の三宅《みやけ》君と一か月だけ付き合ったことあるのね？あの時も最初はざわついたけど、嫌がらせとかはされなかった」

サッカー部の三宅は、俺でも知っている有名人だ。親が芸能事務所を経営する金持ちで、サッカー部のエースで、いつも多くの友人に囲まれている。

その三宅は宇野に入学当初からベタ惚《ぼ》れで、誠心誠意お願いして、初回限定のデートをクリアし、付き合うことになった。しかし、宇野が今言うように、すぐに別れてしまった。

そんな話を、俺は去年、確かに耳にしたことがあった。あの頃はまったくの他人事《ひとごと》で、今の今まで忘れていた。

「俺はそれでもいいけど……」

まあ、男子も相当にざわつきそうだ。内藤をはじめ、厳しく追及されるかもしれない。でも、もともとそれも織り込み済みで、俺は宇野に付き合ってもらおうとしていたのだ。

「宇野は本当に大丈夫なの？　嫉妬させるつもりが、面倒なことにならない？」

「面倒なことになるくらいなら、泰親《やすちか》君とはとっくにどうにかなってるよ」

「大丈夫ならそれでいいけど」

「うん、大丈夫」

泰親君、と口にされた名前には優しい響きがあった。勝手に俺のことを名前で呼ぶ女子とは違う。一方的ではない、確かな親密さを感じた。

「さて。堂々と付き合うことも決まったところで、さっそく練習も開始しよう」

いきなり話がそっちに変わったので、俺は驚き、咀嚼《そしやく》中だったものをごくん、と飲み込んだ。

「わ、わかった。でも、何をどうすれば」

「今週は、目を見る」

「？　それは宇野相手ならできるって、教えたよな」

「うん。だから、どれくらい長く目を見つめることができるか、試す」

どうだろうか。自然に話していて目が合うという状況ではない。

やったことがない。俺はにわかに、緊張してきた。

「そんな、怖い顔しない」

宇野の口調は優しく柔らかい。微笑《ほほえ》んだまま、弁当箱を横に置いて、俺に向き直る。俺も必然、彼女に向き直った。

二人の間は、五十センチくらいは空《あ》いている。

「何秒くらいから始めよっか」

「うーん。三秒、とか？」

「短かっ。でも、まあ、仕方ないか」

宇野は居住まいを正した。

「途中で、苦しくなったらいつでも止めていいよ」

「わかった」

宇野がじっと俺を見つめる。俺も彼女を見つめ返す。

校舎の方から聞こえていた喧騒《けんそう》が、また遠ざかったように感じた。

宇野の瞳は、大きいだけじゃない。不思議な色をしている。黒とか茶色とかそういうことではなくて、なんとも言えない色合いだ。色というのが正しいのかどうかもわからない。長いまつ毛に縁取られた、アーモンド型の瞳。まっすぐに俺を見てくる。なんの気負いも、もちろん恋情も感じない。静かで、遠い日のなにか大切なことを思い出しそうになる。

でもしばらくすると、俺はやっぱり苦しくなった。

「……ごめん」

ふい、と視線を外すと、宇野は言った。

「十五秒くらいだったね」

「けっこう長いな」

「うん。ねえ、わたし怖い？」

また突然そんなことを訊いてくる。

「なんで？」

「四堂君、なにか、怖がってるみたいな目してた。最後らへん」

宇野は鋭い。もちろん、こんなに間近で目を見つめ合ったら、誰にでもバレてしまうのかもしれない。

俺が、女を嫌いというより、怖いんだってこと。

「……うん。怖い」

宇野に格好つけても仕方がないので、正直に認めた。

「そうか。じゃあ、できるだけ優しくするね」

「は？」

「あのね。今、四堂君の目を見ていて、わたしも、いろいろ考えてたの」

「そうなんだ」

「うん。わたしね、四堂君に、怖がってほしくない。信頼できる人間だってわかってもらいたい。わたしたち、まだお互いのこと全然知らないけど、これから信頼関係が築けたら、わたしのこと、怖くないってわかってもらえると思う」

俺は感心して、また宇野と目を合わせた。

宇野は真剣な顔をしている。

「だから、四堂君には、あえて優しくする」

「そんな意識しなくても、宇野はじゅうぶんに優しいだろ」

「そう？」

「ああ。だから、俺の事情に付き合ってくれている」

「まあ、それはお互いに利害関係のある話だしさ。四堂君はアニに似てるしさ。それに、わたしが優しくするっていうのは、特別に優しくするってことだよ」

「たとえば？」

「わたしが一番好きなおかずを、君にあげよう」

そう言って、宇野は自分の弁当箱を差し出した。

「うちのパパの唐揚《からあ》げをひとつあげよう」

「いや、そんな」

「あ。ひょっとして、人んちのおかずとか、無理なタイプだった？」

いや、そうではない。というより、人の家のおかずを食べた経験が皆無なだけだ。

「大丈夫……なはず」

「うん。じゃあ、食べてみて。特別だよ。特別な優しさだよ。あえて恩に着せちゃうけど、わたし、パパの唐揚げだけは、誰にもあげたことないからね？　親友の京香《きょうか》ちゃんにさえ」

「わかった。じゃあ、心して食べる」

俺はありがたく、箸《はし》を伸ばして、唐揚げをひとつつまみ上げると口に入れた。

「……うまい」

「そうでしょ？　最高でしょ？　うちのパパの唐揚げ！」

宇野は本当に嬉しそうに笑う。眩《まぶ》しいな、と思った。

彼女は父親に愛されていて、彼女も父親を愛しているんだろう。家族みんなが、互いを思い合って暮らしている。

「はい。これで最初のミッションクリアね？」

宇野はしてやったり、といった感じでにやりと笑った。

「は？　今のって……」

「苦手で怖い女子の弁当箱から、おかずを取って食べることができた。本当は、こっちが今日のレッスン」

やられた。俺はあまりに鮮やかな宇野のやり方に呆《あき》れ、言葉もなく彼女を見つめる。

「それにほら。悔《くや》しそうな顔でわたしを見ることもできるんだから。未来は明るいよ、四堂君」

そう言って、勝手に今度は俺の弁当箱から卵焼きをつまみ上げる。

「なにこれ美味《おい》しい！　四堂君のお母さん、うちのパパと同じくらい料理上手《じょうず》だね！」

まったく、憎むことができない。

だってそんな風に屈託のない笑顔で、心の敏感な部分に入ってこられたら。

俺は雪人の、計算のない笑顔を思い出した。

「……よかったらもう一個やるよ」

「やったね」

宇野は遠慮会釈《えんりょえしゃく》なく最後の卵焼きをかっさらい、本当に美味しそうに食べた。

「考えてみたらさ」

と彼女は生真面目《きまじめ》な顔で言った。

「長い時間見つめ合うって、普通に同性でも恥ずかしいよね」

まったくその通りだった。


俺と宇野はこうして、お試しで付き合うことになった、という関係を周囲に明らかにすることになった。

お互いの周りはざわついたが、「お試しで」というところに納得してくれたようだ。

女嫌いの四堂が、宇野麻莉亜にだけは心ひかれるものがあり、告白したところ、宇野がOKした、という話になっている。

間違ってはいない。より詳細な情報は、多くの人間が知る必要はない。

「おまえなんか三日で振られろー！」

と呪詛《じゅそ》を吐いた友達もいた。ずるいぞ、ちくしょうと騒ぎになる中、内藤も同じようなことを言ってくるかと思ったのに、

「四堂、俺は祝福する」

と妙に真剣な顔をするから、困惑する。内藤はじっと俺を見つめてから、にかっといつものように笑う。

「ほら俺、おまえより優しーし。ってことを宇野まりちゃんにも言っておくように」

「内藤おまえ小賢《こざか》しいぞ！」

「俺だって俺だって、祝福するぞ」

と何人かは同調したが、俺はちょっとどきりとした。一瞬だけ、内藤の目が潤んでいるように見えたからだ。

宇野のことが好きだった？

いや、違う。内藤は、隣のクラスのバレー部女子に片思いしている。宇野とは違ったタイプの、ショートカットで小柄な子で、廊下《ろうか》ですれ違っただけで大騒ぎするほどだ。

でも、それじゃあ、なぜ？

内藤の一瞬の表情が、その日一日引っかかっていた。だから放課後、部室に一緒に行くときに、思い切って確かめることにした。

「内藤、あのさ。俺と宇野のことだけど……」

本当のことを、言うことはできない。俺だけの問題ではなくなるから。それに今さら、内藤に、自分の特性を告白する勇気もない。

だが、当たり障《さわ》りのない会話で内藤をごまかすのも、苦しい。自分から切り出しておいて、俺は黙り込む。すると。

「四堂」

少し前を歩いていた内藤が、明るい声で言った。

「俺さ、おまえと同じ大学目指すわ」

「え？」

「俺には無理かもって思ったけど、目指してみるわ。そんで一緒のサークルとか入ろうぜ」

「なんで急に？」

「別に？　上の上を目指したほうが、ちょうどいいところに落ち着くかなと思ってよ」

内藤は振り返り、にかっと笑う。

「それに万が一ってこともあるだろ？　そしたら俺、おまえに寄ってきた女子と知り合えるし」

なんだそれ。軽口で返したいのに、言葉が出てこない。

内藤は、分かっていたんだろう。

それはそうだ。高一から同じクラスで、部活動も同じ。一番近くにいた。俺が単なる女嫌いじゃないことくらい、とっくに見抜いていたはずだ。

それなのに、なにも訊かないでいてくれた。

高柳や、ほかの女子との間に入って、空気が悪くならないようにしてくれた。

それで、今は、安堵《あんど》しているのかもしれない。

俺が宇野と、付き合うことになって。

「……まずは数Ⅲの成績なんとかしろよ」

それだけ言うのが精一杯だった。それなー、と内藤が笑う声が、廊下に響き渡った。

その週、一緒に帰る約束をした木曜日に、宇野は昇降口で重々しい声で言った。

「昨日の夜、ちゃんと予告したけど」

「あーうん」

宇野とは、毎日短いメッセージのやり取りをしている。たいていは、他愛《たわい》もない話だ。一方的にブサイクで目付きの悪い猫の写真が送られてきて始まる。

「いよいよ、青羽泰親くんを紹介する」

「わかってる」

青羽泰親は、園芸部らしい。朝と、放課後はだいたい花壇《かだん》の手入れをしているとのことだった。

うちの学校は校長の趣味で小さなバラ園を正門横に造っている。本当に狭くて普通の教室一つ分くらいだが、入口と出口に薔薇《ばら》のアーチがあり、毎年初夏のこの季節には色とりどりの薔薇が咲いている。

「泰親君がね、入学してすぐに植えた珍しい品種の薔薇を今年咲かせたんだって。校長先生が感動して、学校だよりにも掲載されてたの、見た？」

「いや、見てない」

学校だよりなんて真面目に読むやつがいるんだ、という言葉は口に出さない。それに正直、正門横に花が咲いているのは知っていたが、それが薔薇かどうかなんて気にしたこともなかった。

「……あ、いた」

宇野が嬉しそうな声をあげた。俺も彼女の視線を追って、そいつを見た。

小柄で、前髪が長い。眼鏡《めがね》をかけていて、顔がよくわからない。長袖《ながそで》のシャツの袖をまくって、バケツの水を丁寧《ていねい》に薔薇の根本にかけている。

「あれ、ひとりでやってんの？」

他に園芸部らしき生徒は見当たらない。

「うん。園芸部、確か十人くらいはいるんだけど、ほぼ幽霊部員なんだって。大学の推薦《すいせん》のために所属してるらしいよ。校長先生お気に入りの部活だから」

「そうなんだ」

「あの、わたし、ちょっと最初に声かけてくる」

「わかった。ここで待ってる」

宇野はそわそわした様子で、前髪をさっと手で直すと、小走りで薔薇のアーチのところへ行った。

「泰親君！」

弾んだ声が俺のところまで届く。

青羽泰親。一度も同じクラスになったことがないから、人となりはわからない。

今まであまり他人に興味をいだいたことはなかった。でもあの宇野が好きだというなら、どういうやつなのか、知りたいな、と思う自分がいる。

これも進歩なんだろうか。そんなことを考えていると。

宇野がこちらに戻ってきた。表情が少し暗い……ような気がする。

「どうした？」

思わず訊くと、宇野は寂しげに微笑《ほほえ》んだ。

「おめでとうって、言われちゃった」

「え？」

「……四堂君と付き合うことになったんだって、言ってみたの。そうしたら、普通に、良かったね、おめでとうって」

それは、状況からしたら割と辛《つら》いことかもしれない。

「四堂君のこと紹介するよって言ったら、忙しいからまた今度ねって」

つまり、興味がないと言われたも同然か。俺はなんと言ったらいいかわからず、黙り込んでしまった。一方で宇野は、さっぱりとした表情を見せる。

「なかなか手ごわいな、泰親君。こうなったら綿密に作戦を練《ね》る必要がある」

「そうだよな」

「じゃあ、帰ろ」

落ち込むのは一瞬で、すぐに前向きになる感じは嫌いじゃない。俺とは正反対なタイプらしい。

俺は宇野と並んで校門を出た。宇野の知り合いらしい女子二人が、

「麻莉亜ー、バイバイ」

と言いながら脇をすり抜けてゆく。

「あ、うん、バイバーイ」

宇野が明るく手を振り返す。二人はこちらを何度かちらちら見ながら歩いていった。

「……俺も自転車通学にしようかな」

ふと思いついて言うと、宇野は笑う。

「えー、でも、四堂君の家もけっこう距離あるよね」

「自転車だったら、三十分くらい」

「これから梅雨《つゆ》が来るけど」

「ひどい雨だったら電車にすればいいし」

本当は、宇野がせっかく自転車通学をしているのに、俺と帰る日に歩かせてしまうのは申し訳ない気がしたのだった。それに一緒に歩いているところをさっきみたいに遠巻きに

見られるのは居心地が悪い。さっきの二人はまだ時々こちらを振り返って、くすくす笑い合っている。

「そうか。四堂君が自転車にしてくれたら、公園までひとっ走りで着けるもんね」

「そうだろ。宇野の二人乗り案より現実的だろ」

実は昨夜のメッセージで、そんな提案もされていた。人が少ない路地に入ったら、二人乗りもアリだよね、と。俺はナシだろ、と即答したのだ。

「四堂君を後ろに乗せてあげたかったよ」

「後ろが俺？」

「当たり前。愛車を人には任せられないし」

つくづく変わっている。どう考えても、俺の方が体力も脚力もありそうなのに。

そのことを証明したかったが、学校の側で違反をするわけにもいかない。この日は前日と同じように、自転車を押す宇野の後ろについていった。

コンビニでアイスを買ったのは俺だった。宇野が好きなミント味と、自分にはチョコ味のアイスを買い、公園に行く。宇野はすでにベンチに座っていて、アイスを見て嬉しそうにした。

「ほんとに奢《おご》ってくれんの？」

「毎回アイス食べるなら交代で買えばいいんじゃない？」

「義理堅いなあ、四堂君。わたしに付き合って毎回食べる必要はないんだよ？」

「……別に。俺もアイス好きだしな」

「アイス好きに悪い人間はいない」

宇野は重々しい口調で言って、アイスの袋を破いた。

「……それで。青羽だっけ？　あいつのこと、どうするの」

「うーん。四堂君の存在で嫉妬《しっと》してくれるかもと思ったわたしが甘かった。青羽君は、これっぽっちもわたしのことが好きじゃないのに、嫉妬もなにもないよね」

と小指の先を立てる。

誰かを好きになったことがない俺には、その感情はよくわからない。

「宇野はさ……、なんで青羽が好きなの」

「格好いいから」

彼女は即答した。

「そりゃさ、一般的にはモテるタイプじゃないと思うよ、四堂君と違って。泰親君、わたし以外に女子の友達もいないみたいだし」

「俺も、学校で話す女子はいないけど」

「それは近づき難いからだよ。わたしと付き合うってなったら、徐々に近づいてくる女子いると思うよ？　ほら、京香ちゃんとかもさ、今日話したでしょ？」

「ああ、田辺《たなべ》か」

田辺京香はクラスでも背が高い方の女子だ。俺と内藤のように、宇野とは三年間クラスが同じらしい。

「京香ちゃんはいい子だよ。一見しっかりした長女タイプの女子だけど、繊細《せんさい》で優しい」

「……それで、青羽は？」

話がそれそうだったので、引き戻す。どうやら宇野は話しているうちに話がぽんぽんとあちらこちらに飛ぶタイプのようだ。

「そうそう、泰親君ね。格好いいっていうのは、表現方法として間違ってるかもだけど」

そこで少し考えるそぶりで、アイスをじっと見つめた。

「……わたしの中でね。ものすごく優しい人は、二種類に分かれるの」

興味深い話なので、俺は黙って耳を傾ける。

「とことん優しい人か、優しすぎる人。過ぎたるは及ばざるが如《ごと》しって言葉あるでしょ。泰親君は後者なの。優しすぎるの。それで、結局は自分を犠牲《ぎせい》にしてしまうから、見ていて心配になる」

俺は、なんとなくだけど、父親のことを思い出した。

父が傷ついていることは知っている。母をガンで失い、子供二人を残された。自分ひとりで障害を持つ雪人と向き合おうとして、がんばりすぎたのだろう。ちょうど仕事も大変な時だったのだと、後から知った。父は一時期、心療内科に通っていた。

「わたしね。小学校六年の時、虐《いじ》められてたの」

さらりと、宇野が言う。

「そうなんだ」

うん、と宇野は頷《うなず》いた。そのまま正面を見て話す。

「先生とか男子の前で、いい子ぶってるって言われてさ。ずっと親友だと思ってた子にも、ある日突然口をきいてもらえなくなって、教室で孤立したんだ」

宇野のように、一見すべてにおいて恵まれている様子の女子は、そういうターゲットになりやすいんだろう。攻撃する側の心理は理解できないが、状況は目に浮かぶようだった。

「そのとき、助けてくれたのが泰親君だったの」

「泰親君」と口にするときの宇野の表情はとても柔らかい。好きな相手のことを口にするときは、こんな顔になるんだな。恋愛がまったくわからない俺には勉強になる。

「泰親君だけが、毎日話しかけてくれて。当然男子とか、女子にもからかわれたり、一緒に虐められそうになったんだけど。泰親君は動じなかった。それで、格好いいなあって思うようになったんだ。優しくて、格好いい。でも、泰親君は優しすぎるタイプの子でさ。自分を一切、大事にしないのね？　だからわたしは決めたの。この先ずっと、泰親君に、わたしが優しくしようって」

「もしかして、だから高校も同じところに？」

「あたり」

まさかと思ったがそんな動機もあるのか。俺は少し呆《あき》れた。

「あ、今呆れたでしょ」

「うんまあ。好きなやつが行く学校を受けるなんて、フィクションの世界だと思ってた」

「だって見張らなくちゃ」

宇野は真面目《まじめ》な顔でそう言う。

「見張る？」

「泰親君はね。誰にも恋をしたことがないの。そのまま十八歳になったら、死んでしまうでしょ？　だから側で見張らなくちゃ」

「見守る、の間違いじゃなくて？」

「それだと何もせず状況を見るだけになっちゃう。見張るっていうのは、泰親君が人生を諦めないように働きかけること」

それで宇野は、毎日、青羽に話しかけに行っているのだという。青羽は特に迷惑そうにはしないが、嬉しそうでもなく、普通に話してくれるそうだ。

「でもわたしに彼氏ができたと教えても普通に流されちゃうんだよね。三宅君のときもそうだったし、さっきもさ。ほんの少しでいいから、わたしのこと好きになってくれたらいいのに」

「好きだから、昔、助けてくれたんじゃなくて？」

「いや、違うよ。優しすぎる泰親君はね。虐められていのるがわたしじゃなかったとしても、助けたと思う。そういう人だから、わたしも彼が好きなんだよね」

「なるほど」

そんな仏のような男が、特定の誰かを好きになるなんてあるんだろうか。愛は利己的な一面を持つものだと、俺は知っている。そういうものだと刷《す》り込まれてしまった俺は、男女の情愛に関係することすべてを、遠ざけようとしてきた。

しかし宇野の昔話を聞いていると、恋愛もそれほど悪くないものかもしれない、と思う自分もいる。

これは進歩だ。

なんとか、宇野の片思いを成就《じょうじゅ》させてやりたい。

「青羽に告白したことある？」

「ううん、ない」

「してみようと思ったことは？」

宇野はうーん、とつぶやき、アイスの棒を指先で弄《いじ》りながら噛《か》んでいたが、少しして言った。

「今から言うこと、誰にも言わないでくれる?」

「言わないよ」

「AAって知ってる?」

ああ、と俺は、あえてそっけない声で答える。

「アロマンティック・アセクシャルの略だろ」

「そう。あのね。わたし、泰親君は、AAなんじゃないかって思ってる」

もちろんその可能性は高いだろう。

十八歳近くなって、初恋もまだであるのなら。

AAは、決して冷たい人間ではない。誰かに優しくすることも、愛を注ぐこともできる。ただその愛が、性的な惹《ひ》かれを内包しないだけ。家族や友人に対しては、ごく普通の愛情を抱くことはできるのだ。

青羽泰親は人に対して優しすぎるが、それは相手を恋愛対象としてとらえないからこそ発揮できる、公平な優しさなのかもしれない。

「こないだ、成瀬葵が突然死したでしょ? あの人もそうだって、自分でカミングアウトしてた。彼、SNSとかで自分の特性を詳細に報告してたの。わたし、ずっと読んでたんだ」

「……青羽のために?」

「まあ、自分のためだよね。わたしは、泰親君に死んでほしくないの」

大抵の人間は、十八歳で死ぬことはない。なぜなら物心ついてから、誰かに惹かれる経験を、自然とすませているからだ。

俺にはそれがない。青羽にもないんだろう。

そうであるならば、彼が、宇野の想いを受け入れる可能性はあるんだろうか。

「あいつ、誕生日いつなの」

「十二月二十五日」

不謹慎《ふきんしん》だが、思わず笑ってしまう。

「なんかぴったりだな」

「でしょう。でも、キリストみたいに若くして死んでほしくない」

「まだ時間はある。あらゆることを、試してみればいいんじゃない？」

「そうだよね。でも、当て馬作戦も無理なら、どうすればいいんだろう」

当て馬作戦か。うまいことを言う。俺は苦笑しつつ、少し考えた。

「あのさ。宇野には言ったけど、俺も青羽と同じで誰かに恋愛感情を抱いたことがないだろ？　だから俺もＡＡかもしれない」

「四堂君は、わからないよ。まず女嫌いを克服したうえで、ようやく泰親君と同じ立場で考えることができる」

「確かにそれはそう。でも、ＡＡだと仮定する。そうだとして、ＡＡが、一番辛《つら》いことと、嬉しいこと、その両方を考えたんだけど」

「それ、勉強になる。教えて」

宇野が真剣に俺を見つめてくる。俺はなんとかその視線を受け止めつつ、言った。

「──辛いのは、自分が役立たずで、無用な人間だと思ってしまうこと。嬉しいのは、その逆で、そんな自分でも誰かの役に立ってるっていう実感」

宇野の目が、さらに大きく見開かれる。俺はさすがに居心地悪くて視線を外した。

「……見んな」

「あ、ごめんごめん。うん、それで？」

「俺、宇野にダメ元で告白して、契約結べたのが嬉しかった。もう半分諦めかけていたからさ。このまま死ぬんだなって。でも、宇野が、お試しでも付き合ってくれることになっただろ。それもありがたかったけど、宇野が、取引だって言ってくれたことの方が多分嬉しかった。俺もなにかできるんだなって。青羽が俺と同じタイプじゃないとしても、話を聞いている限り、あいつもそうかもしれない。あいつ自身の存在が、昔と同じように宇野の役に立つんだって実感できたら、諦めないと思う。一番悪いのは、本人が、自分はＡＡだから死ぬしかないんだって、諦めてしまうことだから」

俺にしては一度にたくさん話しすぎたと思う。ふう、とひとつ大きな息を吐いた。する

と、

「四堂君！」

突然、宇野が立ち上がった。俺は驚いて少し後ろにのけぞってしまった。

「な、なに？」

宇野の頰《ほお》はピンク色に紅潮し、瞳がキラキラ輝いている。やっぱり、瞳に独特な光がある子だなあと思う。それとも、他の女子もそうなんだろうか。今までちゃんと見てこなかっただけで。

「四堂君は、すごいね！」

「は？」

「わたしそんな風に物事を考えたことなかった。四堂君は、きっと、普段からいろんなことを考えているんだね。そんで、考えているだけじゃなくて、感じているだけじゃなくて、それをちゃんと言語化できることがすごい」

それはもしかしたら、雪人のおかげかもしれない。俺は雪人にいろんなことを伝えたいと、ずっと考えていた。言葉が難しくても、簡単すぎても、雪人には伝わらない。ただ、一生懸命に気持ちを伝える努力をすると、弟は応えてくれたんだ。

「……褒《ほ》めすぎだけど。でもまあ、一理あるだろ」

「あるよ。ものすごくある」

「だからさ。宇野と青羽の関係性は、俺にはまだわからないけど。助けてあげるばかりじゃなくて、助けてもらえばいいんじゃない。困ってることとか、悩みとか、相談するようにして」

「うん。そうしてみる。わたし、四堂君と契約できて本当に良かった」

そう言ってもらえると、やっぱり嬉しいものなのだ。

そのままじっとお互いの顔を見る。やっぱり綺麗《きれい》な目をしているなあ、と考えていると。

「記録更新」

「え？」

宇野がにっこりと笑う。

「二十秒。五秒も長くわたしの目を見てくれた」

「まさか、今のも」

「えっ、違う違う。今回は、本当に四堂君の言葉に感動して、顔見てただけ。でもほら、副産物で、記録も更新できちゃった」

なにが副産物だ。

でも――確かに。俺は、宇野と見つめ合うことが嫌ではなかった。自分の腕を見下ろすと、鳥肌も立っていない。

「良かったあ。四堂君は、きっと、大丈夫だよ」

宇野は明るい声で言う。

「女嫌いを克服すれば、誰かのことを本気で好きになれるかもしれない」

俺の目的は、誰かに……できれば宇野に恋をして死を免れること。宇野の目的は、青羽泰親に自分を恋愛対象として意識させること。

だから俺と宇野の想いは永遠に交差しない。

「はい」

宇野は何を思ったか、右手を俺に差し出してくる。意味が分からなくて、彼女の手と顔を交互に見た。

「なに？」

「今日のレッスン。今日は、これをしようと思ってたから」

「まさか握手、とか？」

「あたり。あ、でも、無理そうなら、次回以降でもいいよ」

女子と手を触れ合わせるのは、中学の体育祭以来かもしれない。借り物競走で俺を指名してきた女子と、仕方なく手を繋《つな》いで走った。無事にゴールしたが、そのあと俺は吐いたんだ。

あまりにも苦い記憶だ。酸《す》っぱい胃液の臭《にお》いまで戻ってくるような気がした。

「そんなつらそうな顔しなくて大丈夫。無理はしないって最初に約束したもんね」

宇野はあっさり手を引っ込める。

「いや……ごめん。ちょっとだけ時間くれる？」

宇野は俺のために考えてくれている。その善意を無下《むげ》にしたくなかった。しばらくして、俺は言った。

「……小指とかなら」

「それいいね」

宇野は笑って小指をすっと差し出した。俺も小指を差し出す。指先がかすかに触れ合う。と思ったら、宇野は小指を軽く絡めてきた。

「ついでに指切りにしようよ」

それは考えようによっては、握手よりハードルが高くないか？　そう思ったが、不思議と嫌な気分ではない。吐き気も蕁麻疹《じんましん》も出ていない。俺は右小指に少し力を入れた。温かいのかと思ったら、彼女の指先はひんやりと冷たい。宇野は微笑《ほほえ》んで言った。

「指切りげんまん。わたしは、四堂君を助ける。四堂君は、わたしを助ける。約束ね」

「ああ」

小指が離れ、彼女が立ち上がる。さっぱりと、お互いなんの執着も未練もない。俺はすでに、宇野といるのが苦痛ではなくなっている。

視線を感じ、薄目を開けた。

いつの間にか、ソファに横になっている。うたたねをしてしまっていたらしい。

そうだ。宇野と別れ、帰宅して、夕飯を作るはずが、妙に疲れを感じていたから、ソファに座って目を閉じたんだ。

宇野と話すのは思っていた以上に難しいことではない。というより、むしろ彼女が話す言葉は好ましい。それでもまだ緊張する。だから、帰宅すると疲れが出てしまうのかもしれない。

部屋は暗い。電気を点けたはずなのに、暗い。

ああ、いつものあれか。

身体《からだ》が動かず、ソファに強い力で押し付けられているように感じる。目線だけを動かすと、部屋の隅がいっそう暗くなっていて、そこにあれがいた。

長い黒髪の女だ。

年齢は、三十一歳。

黒髪は濡れて顔に張り付いている。顔つきはよく見えない。ただ、白目に独特の艶《つや》があって、瞬きもせず、俺のことを見ている。

ズッ、と重いものを引きずる音がして、女が少し俺に近づく。薄汚れたフリルのブラウスにくるぶしまである緑色のスカート。裸足《はだし》で、すべてが濡れそぼっている。

　女は徐々に近づいてくる。

（……ちゃん）

　俺は無意識のうちに歯を食いしばっていた。

　音が聞こえ、声が響き、次第に臭いもしてくる。人間の腐肉は少し甘い臭いがする。臭いの次は、体温。女は両手をゆっくり持ち上げながら近づいてくる。あの腕で、抱きつかれたことがある。暑くて、息が止まり、苦しくなって、死を覚悟したんだった。

　今日もまた同じことが起こるのだろうか。

　嫌だ。

　こんな時の対処法はずいぶん前に学んでいる。なにか、あいつとは真逆のイメージを膨《ふく》らませて、指一本でも構わないから、ほんの少し動くことができれば、あいつは消えるのだ。

　俺は指先に意識を集中させた。真逆のイメージとして、思い浮かんだのは、輝く瞳と明るい声だった。

『わたしは、四堂君を助ける。四堂君は、わたしを助ける。約束ね』

　指切りげんまんをした。その、右小指に意識を集中させる。

　動いた。とたん、息が楽になって、部屋の灯りが戻ってくる。女の姿も綺麗に消え失せた。ほっと息を吐いたそのとき。

玄関が開く音がして、父親が帰宅した。

「おかえり……」

金縛《かなしば》りが解けたこともあり、ソファから勢いよく立ち上がって玄関まで行った。

そこで固まる。確かに帰宅したのは父親で……その斜め後ろくらいに、見知らぬ女性が立っていたのだ。

「蓮人。やっぱり帰ってたんだな。何度か連絡入れたんだぞ」

「あ、ごめん。寝てたから」

「まったくしょうもないやつだな。夕飯はどうした。食ったか?」

「ああ、うん」

まだ食べていないどころか、作ってもいないのだが、すませたと答えなければならない空気だった。

問うように、父親を見る。女性は俺を見てにこにこ笑っているようだが、当然のことながら注視できない。

「こちら、尾上真奈美《おのうえまなみ》さん。父さんの会社の……部下だよ」

「こんばんは。尾上です。突然お邪魔してすみません」

「……蓮人です」

俺はぺこりと頭を下げる。そのまま父親に促され、リビングに戻ると、一緒にお茶を飲む流れになってしまった。

頭がガンガンと痛みだす。なんだろう、これは。どういうシチュエーションだろう。考えている間にも、尾上真奈美は勝手にキッチンに入り、父親と並んで紅茶を淹《い》れ始める。

その頃には二人の関係性は嫌というほどわかった。

つまり、父親は家に連れてきたのだ。

自分の女を。

吐き気がした。

「蓮人君は、高校三年生？　――すごくイケメンだね。お父さんに似ず」

「なに言ってるんだ。蓮人はどう見ても俺の若い頃にそっくりだ」

「息子に張り合うなんて、格好悪いですよ、四堂部長」

何が楽しいのかお互いの顔を見て笑い合う。尾上真奈美は顔のすべてのパーツが大きく、二重《ふたえ》がはっきりした大きな目には、抜け目のなさそうな光があった。

俺がもっとも苦手とするタイプだ。よりにもよって、と内心で舌打ちをする。

「……俺、課題があるんで」

立ち上がって一応頭を下げる。

「すまんな。どうにも女が苦手みたいなんだ。俺とそこは大きく違うな」

「ゆっくりでいいから、馴染《なじ》んでくれると嬉しいわ、蓮人君。今日は挨拶《あいさつ》させてもらえただけでもよかった。今度、ご飯作りに来てもいいかしら」

この女が作った飯を食う？

それはあまりにも非現実的だ。普通に考えて、食べられる気がしない。

「……飯なら俺が作りますよ」

まだその方がいいと思ってそう言うと、女は大げさに目を見張った。

「ご飯作れるの？　すごぉい、蓮人君」

「いやー、こいつが作るものなんて簡単なのばっかりだよ。なあ、蓮人」

「でも最近の高校生にしては、偉いわあ。じゃあ、お言葉に甘えて作ってもらっちゃおうかな。約束ね、蓮人君」

約束――――。

俺にとって、約束とは、特別な意味を持つものだ。死んだ母ともしたし、雪人ともしたし、今日、宇野ともした。

そして今、鼻の下を伸ばしてにやついているこの男とも、かつて大事な約束をしたはずだった。

雪人を、必ず、この家に帰らせると。

俺は無言のままもう一度だけぺこりと頭を下げて部屋へ引き上げた。

その後、父親は彼女を駅まで送っていったらしい。車が出ていき、一時間ほど経ってから、ようやく戻ってきた。

俺は机に向かい科学の課題をやっていたはずだが、気づくとノートはまったく進んでいなかった。

「蓮人、ちょっといいか」

ノックと同時に父親が入ってくる。その予感はあったので、椅子《いす》をドアの方へ向けて待っていた。

「話があってな」

「さっきの女の人のこと？」

「ああ。俺は彼女……真奈美さんと、再婚しようと思っている」

付き合っている、という言葉は予想していたが、まさか再婚するとは思わなかった。

いや、考えてみれば、別におかしなことではない。父は今四十五歳。さっきの女は三十代後半といったところか。今から新しい家庭を持つのに、早すぎるということはない。

「なんだ。黙ってないで、なんとか言ってくれよ」

媚《こ》びた笑いを浮かべる父親に嫌悪感が募《つの》った。

ここは、良かったな、と言ってやるべきだろう。母が死んで四年だ。父親にも幸せになる権利がある。

でも、そうか？

「雪人のことは？」

冷静な声でそう訊いていた。とたん、父は苦虫《にがむし》を嚙《か》み潰したような顔になる。

「彼女には伝えてある」

「なんて？　自分には下肢《かし》異常と知的障害がある十二歳の次男がいて、施設に預けっぱなしだから、君が面倒を見る必要はないって？」

「蓮人。そんな言い方はないぞ」

「事実だろ。父さんは、雪人の存在をないものにしている。辛いからだよな。面倒くさいからだよな。自由な人生を送るのに、邪魔だからだよな」

「蓮人！」

父は厳しい声を張り上げて俺を静止しようとした。しかし、俺はかつてないほどに感情が高ぶっていた。

「俺はもう十七だし、再婚したいなら好きにすればいいと思うよ。今さら、母さんのことを持ち出すつもりもない。だけど雪人は、あんたを待ってんのに。もう半年以上も会えない父親を、責めるわけでもなく、いつでも笑顔で、会いたいなって、笑って待ってんのに」

「それは……」

「父さんは、父親としての役目を放棄したんだろ。だったら俺のこともいないものと思ってくれよ。どうせ普段からひとりで生活してるんだからさ。雪人の施設費と医療費、俺の学費、そんだけ払って、あとは知らんぷりでいい。今まで通り、それであの女と結婚でもなんでもすれば……」

最後まで言い終える前に、乾いた音がして、続いて熱い痛みが頬《ほお》に生じた。父に殴《なぐ》られたのだと、遅れて気付いた。

殴られたのは、これが初めてのことだ。

いろんな家庭の話を聞くが、うちはこれまで、暴力とは無縁の家だった。父も母も、基本的には穏やかで、朗《ほが》らかで、雪人はいつも笑っているやつで、弟が癇癪《かんしゃく》を起こしたときには、家族全員で優しくなだめるような、そんな家だった。

「……蓮人。ごめんな」

父親は謝った。俺を叩いたのに、自分が殴られたような顔をしていた。

俺の中で、残酷《ざんこく》な考えが頭をもたげる。

今ここで、真実を打ち明けたらどうなる？

父さん。俺はあと一年も生きられない。誰のことも好きではないし、愛することもできないんだ。

どうしてなんだろうな。

うちは昔、確かに、愛があふれる家だったのに。

父さんと母さんは恋愛結婚で、雪人は事情のある子だったけれど、母さんはいつも俺に言っていた。

神様は、こういう子を、ちゃんと愛される家にしかくださらないのよ。

母は別に特定の宗教に入っていたわけではない。それでも雪人の話になると、必ず神様の意図についての考えを口にした。

母が死んだとき、俺は思った。

神様なんか、くそくらえだと。

だからだろうか。だから、俺は、愛をなくしてしまったんだろうか。

「……別に謝る必要はないよ。俺も子供っぽくて、ごめん」

俺は真実を父には伝えず、代わりにいつもの、物わかりの良い息子の仮面をかぶった。自分が傷ついたことより、泣きそうな父親の顔のほうが、何倍も胸に痛かった。

「父さんの好きにしたらいい。雪人には……難しいかもしれないけど、俺からうまく説明する」

「蓮人。すまない……」

「俺、先に風呂入るわ」

片手で顔を覆《おお》う父を残して部屋を出る。風呂に行くつもりが、着替えもなにも持ってこなかったことに気づく。

俺はそのまま、ふらりと玄関から外に出た。外の空気を吸って、吐いて、気持ちを落ち着けようとした。

誰かと話したいと強く思う。

それは宇野にほかならない。宇野に、あの明るい声で、なにもかも本当はわかってるんだというような、妙に哲学的な目で、凪《な》いだ海のような眼差《まなざ》しで、言ってほしい。

『四堂君は大丈夫だよ』

俺は自転車を漕《こ》ぎ出して深夜の国道に出た。漕いでも漕いでも、向かう先は定まらなかった。

宇野なら教えてくれるだろうか。

誰かを好きになるって。愛するって。いったいどういうことなのかを。

時間が経てば、それは消えてしまうものなのに。確かだった両親の愛も、子供への愛も。すべては霞《かすみ》のように、消えてしまうものなのに。

死ぬわけにはいかないと思う。雪人のために。

だけど、これからもずっと生きていたいと願う強い気持ちが、今の俺にはない。

第二章　宇野麻莉亜、十七歳、二〇四四年、春夏

「麻莉亜《まりあ》ちゃんは、たくさんの愛でできている子だからねえ」

それがおばあちゃんの口癖《くちぐせ》だ。小さなころ、わたしは真面目《まじめ》に訊き返したものだ。それってどういう意味なのおばあちゃんって。

おばあちゃんは柔らかくて少し湿った手でわたしの頬《ほお》を包み込むと、こう答えた。

「麻莉亜ちゃんのお父さんとお母さんは、大恋愛の末に結婚したの。わたしと麻莉亜ちゃんのおじいちゃんはお見合いだったけど、お互いをとても大切に思っていてね。だからそんなおうちに生まれた麻莉亜ちゃんは、たくさんの愛の結晶ということなのよ」

小さなころはそう言われるのがなんだか嬉しくてくすぐったかった。

おばあちゃんは、その昔、結婚相談所で婚活アドバイザーの仕事をしていて、たくさんの男女を結婚させたのだという。

女も男も、運命の相手がちゃんといる。心配しなくても運命の相手とはどこかで必ず出会えるし、結婚できる。そうしたら、麻莉亜ちゃんのような、愛の結晶が生まれるのよ。

それがおばあちゃんの考えだった。

でも、十七歳の今、わたしは知っている。

そんなのは全部嘘だって。

運命の相手に出会える人は限られている。両親や祖父母がそうだったとしても、わたしは違う。

わたしには、運命の相手なんていない。

現れないし、遠い場所まで捜しにいったとしても、見つかるはずもない。

中学生の頃には、もう気づいていたんだ。

わたしはたぶん、十八歳の誕生日に、死ぬ。


今日も登校してすぐ、正門横の薔薇園《ばらえん》に立ち寄った。そこには泰親《やすちか》君がいる。

泰親君は園芸部に所属していて、正門横の校長お気に入りの薔薇園を手入れする係をやっているのだ。

高校三年の四月。園芸部は忙しい時期だ。薔薇のほかに、花壇《かだん》の手入れもしなくてはならない。わたしが行ったとき、泰親君は、薔薇の根本の雑草を抜いているところだった。

「泰親君」

声をかけると、泰親君は顔をあげ、穏やかに微笑《ほほえ》んでくれる。

「おはよう麻莉亜ちゃん」

わたしを麻莉亜ちゃんと呼ぶ男子は、多分、この学校では彼だけだ。他の男子は名字《みようじ》か、宇野《うの》まりちゃんと呼ぶ。

「おはよう。ああでも、今日もいい天気だね」

「うん。ああでも、午後から雨が降るかもって言ってたよ。麻莉亜ちゃん自転車でしょ。大丈夫？」

「大丈夫。雨の時は完全防水のレインコート着込むから。ちゃんと持ってきてるよ」

「そっか。でも気をつけてね？　麻莉亜ちゃん、けっこうスピード出すみたいだから」

「うん」

それから他愛《たわい》もない話を五分くらいする。その間、泰親君は手を休めることはない。真剣な顔で薔薇の枝を誘引したり、雑草を抜いたり、肥料《ひりよう》をやったりする。わたしが話しかけてもうるさそうにすることはなく、ちゃんと相槌《あいづち》を打って会話をしてくれる。

泰親君の穏やかな話し方が好きだ。

とても安心するんだ。

わたしはこのままでもいいって。

「じゃあ、行くね」

「うん。ほんと自転車乗る時は気をつけてね」

「わかってる」

毎朝、短い時間でも泰親君と話す。そのおかげで、わたしは学校で笑っていられるし、人に優しくできる。

でも、高三になって、心配事が現実味を帯び始めている。

泰親君の誕生日は、十二月二十五日。

このままだと、その日に、泰親君は死んでしまう。

彼はとても優しいし、穏やかで、誰とも争わない。わたしにも、まるで家族のような愛をくれる。幼馴染《おさななじみ》だからか、特別な絆《きずな》を感じる。

でもそれは、恋愛対象に与える愛や絆とはまったく別のものなのだ。

泰親君は、わたしと同じアセクシャル――それも、アロマンティック・アセクシャルなのだから。

わたしは小学校六年生のとき、クラスの女子全員から無視をされた。ある日学校に行くと、それまで親友だと思っていた迫田柚子《さこたゆうこ》が口を利《き》いてくれなくなっていた。

原因として思い当たったのは、柚子が片思いをしていた男子が隣のクラスにいたのだけど、その男子が、わたしに告白してきたことだ。

もちろんわたしは断った。

十二歳のわたしは、すでに、男子にも、女子にも、恋愛対象としての興味が抱けなかった。女の子たちと話を合わせるのに割と苦労をしていた。でも一番効果的な言葉は、

「麻莉亜そういうのよくわかんない」

というものだった。恋愛話になったとき、この言葉を使うと、

「麻莉亜はまだお子ちゃまなんだね」

と、自分たちだって幼い彼女たちは大人びた口調で言って、許してくれた。

わたしに告白してきた男子にも、

「悪いけど、そういうの、よくわからないから」

と断った。でもそのことを、柚子に教えることはできなかった。内緒《ないしょ》にしていた。なんだか悪かったし、気まずくなりたくなかったから。

でも噂《うわさ》はあっという間に広まった。

一か月が過ぎる頃には、わたしは親友から好きな相手を奪った性悪女《しょうわるおんな》として話されていた。

たぶん、生贄《いけにえ》が必要だったんじゃないかな、と今では思っている。

その年齢の子供は割とストレスを抱えている。身体《からだ》は変化し、親や先生は煩《わずら》わしい存在になる。美しい世界に憧れがあるのに現実とのギャップにがっかりし、失望する。そのストレスのはけ口が必要で、わたしは、体《てい》の良い子羊だったというわけだ。

わたしは苦しかった。いわれのない言葉で傷つけられ、孤立し、家に帰ればおばあちゃんが、「愛」の話をする。

叫びたかった。

誰もわたしを愛していないよ。誰のことも、愛していないよ。

朝、登校して朝の会が始まるまでの間。授業と授業の間。体育館や音楽室への移動。わたしはひとりだった。男子たちも、教室で孤立するわたしを遠巻きに見てにやにや笑う連中ばかりだった。

みんな死ねばいいのに。

本気でそう考えていた。みんな死ねばいい。わたしだって死んじゃいたい。

でも。

「麻莉亜ちゃん。花壇の手入れするの、一緒にやってくれない？」

突然、誰かが話しかけてきた。ゆっくりと顔をあげると、机の前に、青羽《あおば》泰親君が立っていた。

わたしはその瞬間、泣きそうになった。

教室のあちらこちらで、泰親君をからかう声がして、女子たちはひどい言葉でわたしたちをけなしていた。ぼっち同士がつるもうとしてるとか、そういう言葉で。

でもそんなことはまったく気にならなかった。なぜなら泰親君が、聞こえていないように振る舞っていたから。

「行こ」

彼の物言いは優しく、でも佇《たたず》まいは堂々としていた。わたしは泣きそうになりながら立って、彼と一緒に教室を出た。雑音が遠のき、リノリウムの廊下《ろうか》を歩くきゅっきゅっとした音と、自分の心臓の音がした。

前を歩く泰親君は、その頃、わたしより頭ひとつぶん小さかった。夏でも襟《えり》付きのシャツを着て、裾《すそ》はきちんとズボンの中にしまい、襟足は常に清潔に整えられている。眼鏡《めがね》をかけていて、髪はさらさらで、色白で、小柄。クラスでは確か植物係をしていて、朝や放課後、花壇の手入れをしている。

そして確か、同じ幼稚園出身だ。去年、五年生になるまで一度も同じクラスになったことがなかったから、話した記憶はほとんどなくて、でも、存在だけは知っていた。

わたしは泰親君と体育館前の中庭まで行き、花壇で咲いている花の、花がらを摘《つ》む作業をした。泰親君は余計な話はしなかった。全部終わると彼は言った。

「明日の昼休みも一緒にやってくれる？」

わたしは二つ返事でうん、と答えたのだった。

クラスで、泰親君だけがわたしに話しかけてくれた。移動教室のときは一緒に歩いてくれた。泰親君は男子や女子にからかわれた。でも聞こえていないふりをしていた。

もともと彼はひとりでも平気そうな気配を身につけた子だった。五年生の秋、林間学校での宿泊班決めのとき、男子が少し揉《も》めたことがあった。四人か、六人のグループを作らなくてはならず、奇数のグループになってしまった男子たちが揉めていた。

泰親君は、すっと手をあげて発言をした。

「先生。僕はどこでもいいので、都合がいい部屋班に移動します」

あれにはみんなぽかんとしていた。泰親君は確かに特別な仲良しがいるわけではなかったけれど、比較的おとなしい男子たちの班になっていたはずだ。それが、再編成した結果、賑《にぎ》やかな男子五人と泰親君ひとり、という部屋に変わっていた。

でも彼はまったく気にしているそぶりはなかった。林間学校でも植物観察を熱心にして、調理器具の片付けも、ひとりで黙々と行っていた。

そんな泰親君だったから、虐《いじ》められたことはなかったはずだ。一人が好きな変わった子、という位置づけだった。だから彼が、わたしと行動をともにするようになってから、不思議と他の子たち……柚子のグループ以外の女子たちは、あからさまにわたしを避けたり、悪口を言う者は減っていった。

そうして六年生の五月に始まったいじめは、夏休みが終わる頃には収束していた。

わたしは夏休みも、泰親君と会った。家が比較的近所だったので、一緒に宿題をしたり、自由研究も協力した。神社の夏祭りも行った。ちなみに自由研究のテーマは、「ソメイヨシノはなぜ滅びるのか」という題材で、桜の歴史と分布を調べる、というものだった。

泰親君はあくまでも植物好きな男子だった。

一度、図書館で一緒に調べ物をしているときに訊いたことがある。

「泰親君は、どうしてわたしを助けてくれたの？」

すると彼は図鑑を見つめたまま、穏やかに答えた。

「麻莉亜ちゃんが苦しそうだったから」

「でもわたし、泰親君とほとんど話したことなかったよね」

「幼稚園のときは、少し仲良くしていたよ」

「え？」

申し訳ないけど、まったく覚えていなかった。

「麻莉亜ちゃんは人気者だったから、僕のことは覚えていないと思うけど。僕は覚えてるよ。お泊まり保育で、僕が困っていたとき、麻莉亜ちゃんが助けてくれたこと」

「え、ええ？」

泰親君の話はこうだった。泰親君は初めての外泊で緊張し、眠ることができず、夜中にトイレに行きたくなった。これは先生が付き添ってくれたのだが、その時、わたしも一緒に行ったらしい。そして、「隣で寝てあげるよ」と言って泰親君に添い寝をして、手もつないであげたらしい。

「おかげであのとき、僕は眠ることができたんだ」

「まさか、それだけのことで恩を感じていたの？」

「うん、そうだよ。僕は、親切にしてくれた子のことは忘れない。あのとき誓ったんだ。

麻莉亜ちゃんが困っていたら、今度は、僕が助けてあげようって」

　でも、と泰親君は自嘲《じちよう》気味に続けた。

「僕なんかじゃ、できることは少ないけどね」

「そんなこと……」

「本当は、迫田さんたちともとの関係に戻りたいよね」

　わたしはしばらく考えて首を振った。

「ううん。わたし、泰親君と仲良くなれたことのほうがうれしい」

　泰親君は穏やかに笑った。

「そういうのって、瓢箪《ひようたん》から駒《こま》って言うんだよ」

　泰親君は難しい言い回しを知っている子供だった。

　わたしは、泰親君が好きだと思った。

　泰親君も、わたしのことが好きだと思った。

　でも二人とも、違うんだよね。

好き。愛してる。恋人として好き。愛してる。その隔《へだ》たりは生死を分けるほど大きい。

わたしは死んでも構わない。

でも、泰親君には、生きていてほしい。


おばあちゃんの様子は月単位でどんどんと変わってゆく。わたしが高校に上がる頃には認知症と診断され、日によって具合がまちまちになっていた。

「麻莉亜ちゃんは、恋人はいないの？」

ある日、一緒におやつを食べているときにそう訊かれた。おばあちゃんはにこにこ笑ってわたしを見つめ、口調もしっかりとしていた。

「それがいないの」

正直に答えると、おばあちゃんは苦笑した。

「あらあら。高望みばかりしていると、良い縁を逃してしまうわよ」

別に高望みをしているわけではない。というより、そもそも望みなんてないのだから。

「この人は嫌、あの人は違う、なんて、初対面じゃわからないものなの。まずは一度だけでもデートをしてみて、相手のいいところを探すんですよ。それで三つくらい、いいところを数えることができたら、次も会ってごらんなさい。次のデートでひとつ、またひとつといいところが増えていけば、それはもう運命の相手と言えるんですよ。ね、斎藤《さいとう》さん。

お願いだから、会うだけでも会ってみてちょうだい」

なんだ。おばあちゃんが話している相手は、昔のお客さんか。わたしは台所にいたママと目線を合わせた。ママは悲しい顔をしている。だから、笑ってみせたんだ。

「そうですね、宇野さん。宇野さんのアドバイス通り、わたし、デートしてみます」

おばあちゃんは嬉しそうに笑った。

わたしは、おばあちゃんとの約束を守り、本当に、ほとんど知らない男子とデートをした。好きなんだと言われ、交際を申し込まれ、一度だけならとデートをした。

顔が格好いい。運動神経が良い。手が綺麗《きれい》。耳の形がいい。声が好きかも。そんな風に、いいところを三つ数えて。でも残念ながら、どの男子も、いいところが増えることはなかった。

それどころか、初回のデートで手を繋《つな》がれるのが不快だった。髪に触れられた時は泣きそうになってしまった。その不快感を、怯《おび》えとして映るように少し演出すると、男子たちは都合のいいように察してくれた。自分たちと宇野まりちゃんでは、恋愛のスピード感が違う。宇野まりちゃんは、清らかすぎる——。可愛《かわい》いなと思って少し離れた場所で見ているくらいの関係がちょうどよい。

もともとお試しでデートする、という約束をしてあったのも良かった。彼らは全員物分かりよく、「ありがとう」と言って諦めてくれた。

そもそも、付き合う相手として、強引なタイプは避けていた。わたしを勝手に理想化し、恐れ多くて手も出せない、と遠慮《えんりょ》するような男子ばかりを選んでいた。

昨年一ヶ月だけ付き合ったサッカー部の三宅君もそのタイプだ。

わたしは試して、試して、思い知った。

どうやら、あと一年も生きられないな、と。

十八歳の誕生日までに初恋を経験していない人は死ぬ。数年前から、噂《うわさ》は聞くようになっていた。でも有名なアイドルが死んでから、その噂は現実味を帯びている。日本だけではなく、世界中でそのケースが報告されている。ネット上では『ラストハートビート』と呼ばれ、実際に突然死する様子までもが動画として流出している。

十七歳の春、わたしの悩みは、自分の死ではなかった。泰親君が死んでしまうことだった。

どうしても彼に死んでほしくない。

なぜなのか、考えてみたけれど。恋愛対象ではないけれど、人として好きだから、としか答えられない。

だからわたしは中学も、高校も、泰親君と友達としての交流を続けていた。

「麻莉亜って、博愛主義っぽいよね」

高校に入ってから仲良くなった田辺京香ちゃんはそう言う。わたしが誰にでも愛想が良くて、優しいかららしい。

京香ちゃんはわたしとは正反対の、竹を割ったようなはっきりとした性格だ。背が高くバスケ部のエースでもある彼女は、全身がばねでできているように動きが俊敏で、後ろ姿にも隙《すき》がない。髪は短めだけどとても綺麗な漆黒《しっこく》で、肌は滑らかで、目はいつも強く輝いている。

わたしは、彼女には言っていないが、もしかしたら女子だったら恋愛対象にできるのかも、と考えて、一時期、京香ちゃんに恋をしている気分になっていたことがある。

でも違った。京香ちゃんはわたしと違い、普通の女子で、去年卒業した先輩とこの春から付き合い出したばかりだ。わたしは心から彼女の恋を応援していた。

「博愛主義かあ。そうなのかな」

曖昧《あいまい》に返すと、京香ちゃんはめっと眦《まなじり》を釣り上げる。

「褒《ほ》め言葉じゃないからね。嫌なことは嫌って言わないと。みんなが適当に麻莉亜を消費するみたいで、わたし実は気分悪いの」

京香ちゃんいわく、わたしが誰かに強く頼まれ事をすると断れないのはよくない、ということらしい。わたしはクラスの女子の掃除《そうじ》当番も代わるし、重い荷物は一緒に運ぶし、消しゴムを忘れた子には自分のを半分にちぎってあげる。男子がふざけてわたしの水筒からお茶を飲んでもやんわりとした注意しかしないし、告白されて、三つ好きなポイントを見つけられたら、一度だけはデートをしている。

「本当に嫌なことは嫌っていうよ」

「約束してよね」

「うん。京香ちゃんこそ、優しいんだから」

京香ちゃんはなにそれ、と苦笑する。

本当だよ。京香ちゃんは優しい。わたしのような八方美人タイプの女子は、とかく嫌われやすいということは知っている。でも、京香ちゃんが強く明るく、さっぱりと、そんなわたしを中和してくれるから。わたしは、誰にも嫌われずにすんでいるんだ。

わたしはずるい。だけど、二度とごめんだった。クラスの中で孤立するのは。

だからわたしは優しいわけではない。計算高く、利己的な人間だ。わたしは京香ちゃんが好きだけれど、今一番大切なのは泰親君で、どうしたら彼が死なずにすむのか、そればかりを考えている。


「俺と付き合ってくれない？」

四堂蓮人《しどうれんと》君に告白されたのは、高校三年生の五月。

わたしはとても驚いた。当日まで、一ミリだって、彼がわたしに気があるそぶりなどなかったからだ。普通は視線を感じたり、不自然に話しかけてきたり、誰かから連絡先を聞き出してメッセージが送られてきたりするものなのに。

しかも呼び出されたのは体育館倉庫裏。それも朝、たまたま早く教室に着いてひとりでいたとき、二番目に登校してきた彼に頼まれたのだ。

話があるから、昼休みに来てほしいと。

この学校の告白場所といえば、渡り廊下《ろうか》の端っこか、中庭が主流なのに、そこではなかった。たぶん、情報がアップデートされていないのだ。

四堂君は、目立つ男子だ。

クラスの中ではうるさい方ではなく、どちらかといえば寡黙《かもく》なイメージだったけれど、男子の友達は多い。弓道部《きゅうどうぶ》で、何度か袴《はかま》姿で部室から歩いてくるのを見たことがある。

なにが目立つかといえば、その容姿。

人を恋愛対象として見られないわたしでも、容姿のことは分かる。この世には理不尽だが容姿の優劣というものが存在する。もちろん人の好みはそれぞれだけれども。

四堂君は、一言で言うならば、涼しい顔をしていた。塩顔系というんだよ、と京香ちゃんが教えてくれた。目鼻立ちが整ってはいるけれど、それぞれのパーツの主張は強すぎない。横顔が特にいい。鼻筋が通っていて、顎《あご》が細い。目は切れ長で、髪はさらさら。首と手足が長く、顔が小さい。

そしてなんといっても、彼は、アニに似ていた。

アニは、わたしが飼っているサバトラの猫だ。子猫のときに庭に迷い込んできたのを拾って、七年目。しなやかで筋肉質、宝石のような瞳をした可愛い子なのだ。

でも、四堂君がわたしを好きではないことは一目瞭然《いちもくりょうぜん》だった。

四堂君は正直に、誰にも恋をしたことがないんだ、と教えてくれた。

彼のその潔《いさぎよ》さと、佇《たたず》まいが嫌いじゃなかった。

助けてあげたいな、と思ったんだ。

うまく説明できないけれど、彼は、わたしや泰親君とは事情が違いそうだから。わたしや泰親君は、異性が嫌いというわけではない。もちろん、同性も。でも四堂君は、なんというのか、女子そのものを憎んでいるような気がした。

それから、怖がっているって。

だから、それさえなんとかできるなら、恋ができるんじゃないかな?

死ぬ必要のない人間の死は、よくないことだから。

わたしは彼と疑似《ぎじ》恋愛をすることにした。

でも、四堂君には、たとえわたしに恋をすることができても、同じ気持ちは期待しないでね、と釘を刺した。

だってわたしたちは、永遠に両想いにはなれないのだ。だからわたしで練習してもらって、女子が苦手じゃなくなってから、他の誰かを好きになるのでもいい。そう思ったんだ。

わたしたちは週に二日、放課後、一緒に帰る約束をした。

驚いたことに、四堂君もわたしに付き合って自転車通学にした。

途中、みどり児童公園に立ち寄って一緒にアイスを食べながら世間話をするのも、すっかりお決まりになった。梅雨《つゆ》の季節に入っても、レインコートを着て、よほどひどくない時は自転車で通学した。雨がひどい時は、コンビニの軒《のき》の下でアイスを食べた。

四堂君と会うようになってわかったことは、彼はとても繊細《せんさい》な人間だということだ。割と表情がわかりやすいし、泰親君とは違った意味で優しいし、真面目《まじめ》だ。

わたしはそんな彼にとって、少し過酷《かこく》ともいえるレッスンをした。

女子に慣れるレッスンだ。

見つめ合う。見つめ合う時間を増やす。指先に触れる。小指をからめる。手を一瞬つなぐ。肩を並べて少し触れ合う。互いの髪に触れる。

ここまで、二ヶ月を要した。

そして七月。例年より長い梅雨があけてすぐ、四堂君は弓道の大会があった。わたしは私服で彼の応援に行った。偽装とはいえ、彼女なのだから、応援は当たり前のことだ。

弓道のルールはよくわからない。でも彼が射場《しゃじょう》に立ち、弓を引き絞《しぼ》る姿を遠目に見て、わたしは祈るように応援していた。

結果は、個人戦で彼は四位。団体戦では負けてしまい、うちの学校は敗退、これで三年生は引退になる。

幾人かの女子が泣いていて、男子でも目を赤くしている子がいた。でも四堂君の表情はなにも変わらなかった。


一緒に帰ろう、と四堂君の方から言ってきた。わたしは最初遠慮《えんりょ》をした。

「いいよ。今日は、みんなと一緒に帰れば？」

「もう言ってきた。宇野と帰るからって」

「でも、いいの？」

さっきから女子のひとりに睨《にら》まれている気がする。同じ三年生の女子だ。名前はわからない。

「宇野、食べたがってたのあっただろ？　なんだっけ、フルーツがすごいやつ」

「パンケーキの店。覚えててくれたんだ」

「うん」

確かにその話はした。テレビやＳＮＳで有名な店が、この近くにあるのだ。実はひとりでも寄って帰ろうと思っていたのだが、四堂君が付き合ってくれるなら嬉しい。

「今週末、打ち上げがあって、そっちに顔出すから大丈夫だよ」

「わかった。ありがとう」

わたしは四堂君の申し出をありがたく受けることにしたのだった。

これまでの間に、彼のことはだいぶ詳しくなっている。まず、毎日のお弁当は自分で作っている。お母さんが亡くなっていて、ハンデのある弟さんが施設にいて、お父さんが、再婚しようとしている。

料理は好きで、甘いものも割と好き。だから、これまでにも三回くらい、部活が休みの日にデートはしている。待ち合わせて、話題のスイーツを食べて、感想を言い合う。その後、映画を観たこともあるし、フードコートで長話をしたこともある。

これまでデートしたどの男子よりも、四堂君は一緒にいて苦痛じゃなかった。なぜなら向こうから意識的に距離を詰めてこようとしないからだ。わたしは自分が本当にリラックスして、妙に気負うことも、嫌われないようにいい子になる必要もなく、自然体で彼と過ごせることに気づいていた。

むしろ、泰親君といる時の方が、最近は緊張する。彼に気づかれるのではないか、と。

わたしが彼の生死を心配していることを。

「こうしてると、だいぶ普通のカップルっぽいよね」

豪華に盛り付けられたパンケーキの皿を間に挟み、四堂君に言う。

「そうかな」

四堂君のパンケーキはチョコバナナ味で、わたしはシンプルなメープルシロップのみが付いたものだ。生地がふわふわでとても美味《おい》しい。

「誰かと付き合ったことがないから、わからないけど」

「こんな感じだよ、だいたい。二人で流行《はや》りのお店に行って、話したり、写真撮ったり」

厳密に言えば、わたしだって誰とも本当の意味では付き合ったことはない。でも、その経験があるふりをしている。

「四堂君が、目を見て普通に話してくれるようになっていて、嬉しい」

四堂君は少し耳を赤くした。わたしに対して照れているんじゃなくて、自分のことを話題にされるのが嫌なのだ。

わかっていて、あえて彼のことを話す。

「京香ちゃんが感動してたよ。四堂が笑ってくれたーって」

「それは……面白かったから」

京香ちゃんがこの前、授業中に早弁をしたのだ。小さなおにぎりをいくつか持ってきていて、部活の前とか後に食べているのは知っていたけど、とうとう、午前中に我慢できなくなったらしい。それで、優しいけど授業が退屈な古文の山田先生の授業中に、こっそりおにぎりを出して、教科書の陰でぱくついた。

四堂君の位置からはそれが丸見えで、思わず噴き出してしまったところ、山田先生に注意をされたのは四堂君だった。

京香ちゃんは授業後、四堂君に謝った。四堂君は別に、とそっけなく返事をしながらも、思い出したかのように、また笑った。

「でもさ、前までだったら、あんなに笑いを引きずらなかったでしょ」

「それはそうかも」

「だからいい傾向だよ。わたしを通じて京香ちゃんが苦手じゃなくなった。そんな風にして、気づいたら誰かに恋ができているといいね。あ、もちろんわたしでもいいんだけど。そろそろどうかな、好きになってきた？」

うーん、と四堂君は困った顔をする。その真面目な反応に、言った方が恥ずかしくなる。

「ごめん、冗談だから」

「いや、こっちこそごめん」

それは、簡単には好きになれなくてごめん、という意味なのかな。四堂君は真面目だから。でも知らないよね。わたしたちの間に恋愛が介在しないから、わたしは君といても気が楽なんだ。手もつなげるし、なんなら、きっと、ハグすることだってできるんだ。

もちろん、四堂君的には、一日でも早く誰かに恋をした方がいいのだけど。相手がたとえ、わたしでも。

わたしたちは特に気まずくなることもなく、それぞれのパンケーキを堪能《たんのう》した。甘くて美味しいものは、いつだって、不安を忘れさせてくれる。

それから、勉強の話もした。

「こっからは、一気に受験モードだね」

「宇野は行きたい大学とかあるの」

「W大の教育学部。小学校の先生になりたいんだ」

これは本当の話だ。もしも生きることができるなら、そうしたかった。小学校のとき、先生はわたしを助けてくれなかった。だからといって大人すべてに絶望したわけじゃない。泰親君がわたしを救ってくれたように、わたしも、わたしのような子供を救える大人になりたいと思ったんだ。

「宇野、成績いいだろ。推薦《すいせん》でそこ狙えるんじゃない」

評定平均がそこそこあれば、うちの学校に来ている推薦枠《わく》はもらえる。もちろんわたしの志望する大学も。

現在の受験は、校内の評点や活動記録からAIが生徒の潜在能力まで分析した通称APSA（アプサ。総合的個人成績判定データ）を用いることになっている。アプサの有効度は、推薦組は実に65％、受験組は25％。特に推薦組は、国内共通テストを免除される仕組みになっている。

つまり、推薦を受けて出願した時点で、ほぼ合否が決定し、秋には進学先が確保できる。

でも、わたしは迷っている。

死んだら、その推薦枠は無駄になる。本当に通える人のために、遠慮するべきだ。

「……わたし副教科が悪いんだよね。ちょっとだけ評定が足りない」

「そうなんだ」

「うん。四堂君は？」

彼は、国立の工学部志望だと教えてくれた。

「エンジニアとかになりたいの？」

「広くいえば、そう」

「システム開発とか、スーパーコンピュータとかの開発がしたいとか？　あ、それともゲーム系？」

理系の専門職について詳しくないわたしは、思いつく限りの職種をあげてみた。四堂君は、淡々と答える。

「大学に入って専門性を高めることができたら、技術を身につけて、家で仕事ができるようにしたい」

わたしは紅茶のカップに伸ばしかけていた手を一瞬止めた。

そうか。彼の将来の選択には、いつだって、最優先事項がある。生への執着さえ、弟の存在があるから。大学の志望先や、将来の就職も、家族の問題抜きには選択できない。

「でも」

と、四堂君は小さな咳払《せきばら》いをして、続けた。

「研究職にも携《たずさ》わってみたかった。絶対に在宅勤務は難しそうだけど」

「なんの研究?」

「十八の呪い。ラストハートビートについて」

わたしは無言になってしまい、じっと四堂君を見つめる。四堂君は、最近では、目をそらしたりしない。

「医学的に原因がわかっていないのって、やっぱりおかしいと思う。でも実際、世界中で同じように死んでる人が増えているから。すでに原因究明のための研究は開始されているとして、どうにかそこに携わりたい」

四堂君はそこでふと言葉を切った。

「……と、思う自分がいるのも本当。といっても、十八歳で死んだら、大学にも行けないわけだけど」

四堂君の誕生日は二月二十四日。わたしよりも早い。

そして、泰親君は十二月。この二人の死を見なければならないのは、とても苦しい。

でも。やっぱりわたしの目には、四堂君はアセクシャルではないように映るんだ。なにを根拠にと訊かれればうまく答えられないけど。

強《し》いて言うなら、空気感だろうか。全身から発せられる雰囲気《ふんいき》、気配、眼差《まなざ》し。わたしや泰親君とは違う。

だから本当のことを言うと、四堂君に関しては、泰親君ほどは心配していない。ただ、間に合えばいいなと願うだけ。

「弟さんのためにも、死ぬわけにはいかないんでしょ」

「うん」

四堂君は、前に話してくれた。弟の雪人《ゆきと》君の行く末を、亡くなったお母さんに頼まれたこと。お父さんは現実逃避して、なかなか雪人君に会いに行こうとしないこと。だから、雪人君にとっては、四堂君が唯一、頼れる家族であるということ。

絶対にもう一度一緒に暮らしたいのだということ。

「四堂君は、頼もしいお兄ちゃんなんだね」

彼は、とたんに居心地悪そうな顔をする。彼がこれほど照れ屋だなんて、誰も知らないと思う。

四堂君の気配が好きだ。

そのことに気づいたのは、本当に最近だ。わたしたちは夏休みもたくさん一緒に過ごした。四堂君は部活を引退後、予備校の夏期講習に通いはじめた。わたしは塾には通わなかったけれど、よく、学校の図書館で一緒に勉強をして、自転車での帰り道には必ずあの公園にも立ち寄った。

四堂君の予備校がある日は、夕方、駅前のファストフード店で待ち合わせをして、お互いに勉強をした。ふと視線を感じて顔をあげると、四堂君がわたしを見つめていた。

「あ、もしかして練習?」

女子を長く見るための?

「うん」

四堂君は素直に認める。そう。彼は照れ屋で時々無愛想だけど、わたしに対しては素直なのだ。そのことも、庇《ひ》護《ご》欲《よく》のようなものをかきたてられる。

「だいぶ、宇野のこと見てられるようになった」

わたしも彼の瞳を見つめる。切れ長で、とても澄んだ瞳を。

「じゃあさ。今日あたり、手をつないでみる?」

さすがに少し先走りすぎただろうか。でもわたしは、夏休み明けには、京香ちゃんや他の女子を誘って、ごはんくらいは行こうと思っているのだ。受験生にも息抜きは必要だし、冬が来る前までには、四堂君に恋をしてもらわないとならない。

もしかしたら嫌だ、と言われるかもと思った。しかし四堂君はさして悩む様子もみせず、

「わかった」

と頷《うなず》いたのだ。

もしもわたしが普通の女の子なら。たとえ、最初は好きじゃなかったとしても、これほど一緒にいるのだから、四堂君のことを好きになったかもしれない。

四堂君は性格もとてもいい。でも、彼の方も今のところ、わたしを好きではないからこそ、わたしは彼と見つめ合ったり、指先を触れ合ったり、手をつないだりもできるんだろう。

三宅君のときは、カフェで隣に座ることすら、苦痛だった。体温を感じる距離にいると、苦しくて、吐き気さえしたんだ。それは彼が、わたしを本当に好きだと言ったから。

「じゃあ、行こうか」

店を出て、駅までの道を歩いた。わたしが手を差し出すと、少しこわごわ、といった様子で、四堂君が握ってくれた。

大きくて、温かい。わたしたちは手をつないだまま歩いた。

「大丈夫そう?」

「なんとか。宇野、手ちっちゃいね」

「標準的な女子のサイズだと思うよ」

「そうなのか」

「もしも大丈夫なら、このまま電車乗ろ」

「うん」

端《はた》から見たら、わたしたちは、幸福なカップルだ。私服だけれど、高校生に見えるだろう。夏休みを一緒に過ごし、仲良く電車に乗って、席は空いているけど座らずに、入口付近に手をつないだまま立つ。

学校の話、受験の話をする。わたしは認知症のおばあちゃんの話もした。

「昨日もわたしのこと、昔のお客さんと間違えたんだよ。その後お子さんは生まれましたかって訊かれてさ」

「なんて答えた？」

「生まれましたよ、三人もって答えた」

「へえ」

「あ、別に、おばあちゃんで遊んでるわけじゃないよ？　なんというのか……」

「わかってる。優しくしたいんだろ？」

四堂君は静かな横顔を見せて言った。手はまだつないでいる。

「おばあちゃんの紹介で結婚して、幸せで、子供にも恵まれましたって、教えてあげたいんだろ？　俺も似たような役回りすることあるよ。雪人の前で」

雪人君は、お父さんに会いたがるのだという。四堂君は弟をがっかりさせたくなくて、嘘をつくらしい。

「人を幸せにする嘘は罪じゃないって、昔、母親が言ってた」

「お母さん、いいこと言うね」

わたしは、わかってもらえて嬉しかった。わたしがおばあちゃんのボケに付き合っていると、ママが、非難するようにわたしを見る。わたしが悪ノリしておばあちゃんをからかって遊んでいるんじゃないかって。

でも四堂君はわかってくれるんだな。そう考えていると、電車が次の駅でとまり、けっこうたくさんの人が乗ってきた。

つないだ手に力がこもって、四堂君がぐい、と引っ張った。彼はそのまま、わたしを少し空《す》いている方へと促し、自分が入り口付近に立って、人の波からわたしを守ってくれた。

「ありがとう」

四堂君は黙ったまま頷いた。その拍子に手が離れてしまい、わたしはつり革につかまる。

四堂君もそうした。

なんだか手が寂しいな、と思った。

ふと、電車の中吊り広告が目に留まった。

「四堂君。あれ、一緒に行こうよ」

花火大会の広告だ。来週の日曜日。

「いいよ。予備校の後だったら」

「開始時間七時だから、間に合うよ。わたし浴衣《ゆかた》着ていくね」

「俺は普通の格好でいい？」

「予備校帰りなら仕方ない。ね、ものすごく普通のデートっぽいよね。付き合って始めての夏に、花火大会に行くのって」

「確かに。普通っぽい」

「だからレッスンもできるよね。四堂君、浴衣姿のわたしを褒《ほ》めてね」

四堂君は、ちょっと嫌そうな顔をした。

「ええ……」

「手をつなぐよりハードル低いと思うよ」

「いや、高いだろ」

「どういう意味よ。わたしを褒めるのってそんなに難しい？」

軽く睨《にら》むと、真顔でうん、と頷く。

「ええ、なんかショック」

「宇野はなにを着ていても可愛《かわい》いと思う。普段褒めないのに、着るものが違うだけで褒めるなんて、わざとらしいっていうか」

「わあ」

わたしは驚いて目を瞬いた。四堂君は、ちょっと嫌そうな顔をする。

「……でたよ、宇野の『わあ』」

「いやだって、四堂君。もしかしたら、四堂君は将来大有望株かもと思っちゃって」

「どういう意味」

「無自覚で女子をキュンキュンさせる才能に溢《あふ》れてるってこと」

四堂君は一瞬固まった様子を見せたが、ふい、と横を向いた。その耳が少し赤くなっているのを、わたしは見逃さなかったけれど、からかうのはやめておいた。

なにを着ても君は可愛いだなんて、将来、本当に言える相手が現れるといいな。

「でもレッスンはレッスンだから」

あえて厳しい声で言う。

「普段のわたしと違ってどこがどう可愛いのか、ちゃんと言うこと」

「……わかった」

わたしは来週の花火大会がとても楽しみになった。

庭先から明るい声が聞こえてくる。

わたしは自分の部屋の窓から、庭を見下ろした。

泰親君が来ている。テラスにいるおばあちゃんと会話をしているようだ。

「麻莉亜ー」

階下から、ちょうどママが呼んだ。わたしはドタバタと下に降りていった。

「泰親君、早いね」

「うん。暑くなる前にと思って」

時刻は朝の八時だ。もうすでに暑いけれど、庭は東南に面しているから、木陰ができている。

泰親君は大きな麦わら帽子をかぶり、首にタオルを巻いて、軍手をしていた。

今から、うちの、少し荒れ気味の庭を手入れしてくれることになっている。

『困っていることがあって、助けてほしいって、言ってみれば』

わたしは四堂君のアドバイスに従った。

実際、困っていることはあった。うちの庭の手入れはずっとおばあちゃんがやってきたのだが、認知症になり、それもままならなくなった。パパは草にかぶれやすく、土日にご飯は作ってくれるけど、あとは涼しい部屋で動画を見ていたいタイプ。ママは虫が大の苦手で、テントウムシすら悲鳴を上げる始末。姉は、家に庭があることすら忘れているだろう。

仕方がないから、わたしが時々雑草を抜いていたのだが、梅雨《つゆ》以降はたった三日でもう草が生えてきてしまい、少し油断すると元《もと》の木阿弥《もくあみ》状態だったのだ。

泰親君は、自転車の前かごに不思議な植物を積んでやってきてくれた。多肉植物の一種で、植えると勝手に広がって、雑草予防にいいらしい。

「わたしもやるね。ちょっと待ってて」

「麻莉亜ちゃんは家の中にいていいよ。陽にやけちゃうし」

「いーのいーの」

だってせっかく泰親君が来てくれたんだから。テラスに座っているおばあちゃんもニコニコ笑って、とても嬉しそうだ。

「青羽さんところの僕、ずいぶん大きくなったのねえ」

めずらしい。ちゃんと名前を憶えている。

うちは洋風の輸入住宅で、庭にはガゼボと呼ばれる東屋《あずまや》や、小さな温室もある。シンボルツリーは大きなオリーブの木だ。そちらは職人さんに剪定《せんてい》を頼んでいるものの、花壇《かだん》のあたりは、植物が入り乱れていた。薔薇《ばら》もあるけれど、すでに雑草のように枝がめちゃくちゃになっている。薔薇は肥料《ひりょう》と薬剤散布が欠かせない植物なのだと前に聞いた。今日は、泰親君は、薔薇の剪定もしてくれるらしく、自前のハサミや薬剤を自転車に載せて持ってきてくれていた。

わたしは泰親君と一緒にかがみ込み、花壇の雑草抜きを一緒にやった。

「こうしてると、小学校のときのこと思い出すね」

わたしが言うと、泰親君は頷《うなず》く。

「そうだね」

「泰親君は中学も園芸部だったよね」

「正確には、美化部だね。校庭の隅っこの雑草抜きとかもやったよ」

「筋金入《すじがねい》りの植物好きだよねえ」

「うん。植物は、性質がシンプルだから」

わたしは思わず彼の顔を見上げた。

「人間と違って?」

「人間と違って。生まれて、種を残して、役目を終えると、普通に死ぬ」

それは意味深に聞こえた。泰親君がそういうことを言うのは珍しい。

「泰親君。好きな人いないの?」

もう長い付き合いなのに、わたしがこれを訊くのは始めてのことだ。訊いた瞬間に、自分でどきりとした。

「いないよ」

「……じゃあ、今まで、いたことある?」

「ううん。いない」

やっぱり。わたしたちはその後、無言のまま雑草を抜いた。泰親君が薔薇の剪定をしているときには、いったん家に入った。

ずっと日向《ひなた》にいて、家の中に入ると真っ暗に感じる。外の光が強すぎれば、影はより濃くなるものなのだ。

わたしは暗い家の中から、眩《まぶ》しい外を見た。おばあちゃんはパラソルの下、テラスの椅《い》子《す》に座ったまま、うとうととしている。その向こうにいる泰親君の輪郭《りんかく》は、光で曖昧《あいまい》になり、今にも消えてしまいそうに見えた。

麦茶を注いでお盆に載せ、適当なお菓子も見繕《みつくろ》い、急いでテラスに戻る。

「泰親君。お茶にして、休憩《きゅうけい》しようよ」

「ありがとう」

泰親君は額の汗をタオルでぬぐいながら、戻ってきた。眼鏡《めがね》をテーブルに置くと、もう一度タオルで拭いた。

わたしは改めて、眼鏡をかけていない泰親君を見た。

「どうしたの、じっと見て」

「いやあ。眼鏡かけてないところ見るの、初めてな気がして」

「ブサイクでしょ」

「えっ、なんでよ。そんなことない。可愛い顔してるよ、わたしよりずっと」

「それはない」

泰親君は穏やかに笑う。彼がなにかに怒ったり、焦ったりするところなんて、想像もできない。

「麻莉亜ちゃん。薔薇ね、誘引するロープが必要なんだけど、忘れてきちゃったんだ。だから、明日もまた来るよ」

「いいの？　勉強とか……」

彼だって受験生なのに。でも、ぜんぜん、そんな気配はない。わたしと同じ理由なのか。

泰親君は美味《おい》しそうに冷たい麦茶を飲んでくれた。汗が伝う喉《のど》が大きく上下する。意外と喉仏が立派で、どんなに華奢《きゃしゃ》に見えても、やっぱり男の子なんだな、と実感する。

「あー、青羽さん。青羽さん。そんな、贅沢《ぜいたく》言ってる場合ですか？」

突然、おばあちゃんが目を開けて言った。

えっ、とわたしは驚いて泰親君と目を合わせる。おばあちゃんは寝起きなのに、妙に怖い顔をしている。

「みのりさんって、とても素敵なお嬢さんでしょう。性格がきつそう、顔がタイプじゃない、なんて、えり好みしてはダメですよ。しっかりもので、青羽さんみたいにぼんやりしている男の人にはぴったりのお嫁さんですよ」

「ああ……はい」

泰親君は苦笑している。わたしは、顔が赤くなるのを感じた。

なんだ、おばあちゃん。やっぱり間違えているんだ。

そう言えば、ママに聞いたことがある。泰親君の両親は地元出身で、おばあちゃんが結婚を仲介《ちゅうかい》したのだと。その結果生まれたのが、泰親君。

お父さんには会ったことがない。でも、お母さんは、小学校のとき、授業参観で何回か見かけたことがある。

長い黒髪をひとつに結び、いつも同じような色合いのスーツを着ていて、泰親君とはあまり似ていなかった。ＰＴＡの会計監査をしていて、学校にはしょっちゅう来ていた。

「……泰親君。おばあちゃんがごめんね」

わたしは、作業を終えて帰る泰親君を外まで見送って謝った。

「麻莉亜ちゃんが謝ることじゃないでしょ」

「でも……失礼だし」

「やっぱりそうだったんだって、わかって、僕は腑《ふ》に落ちたよ」

「え?」

「うちの両親。離婚こそしていないけど、もう何年もまともに口きいてないから。仲が悪い夫婦だなって思ってた。なんで結婚したんだろうってね。お見合いだったとは知ってたけど、父さんは、実は最初から母さんのことあまり好きじゃなかったんだな。でも断り続けるのも面倒で、妥協《だきょう》で結婚なんかするから、つまらない生活になったんだ」

まるで他人事《ひとごと》のようにひょうひょうと話す泰親君。わたしは、ますますいたたまれない。

「麻莉亜ちゃんは、なにも気にする必要はないよ」

泰親君は、変わらぬ優しい声で言う。眼鏡の奥の目には、不穏な光があった。

「麻莉亜ちゃんは、そのままでいて」

「そのままって、どういう意味」

「愛が溢《あふ》れた子でいて。僕は昔から、麻莉亜ちゃんと話すと安心した」

「泰親君」

「愛のおすそ分けをしてもらった気分だった。君はいつも明るくて、優しくて、悲しんでいるときですら、苦しんでいるときですら、とても素敵だった」

「……今日の泰親君、なんかおかしい」

「そう？　もしかしたら、この暑さのせいかもね」

泰親君は肩をすくめてみせ、そのまま帰っていった。

わたしは家に入って、おばあちゃんのところまで行く。おばあちゃんは悪くない。病気のせいなんだ。でも、許せない気持ちでいっぱいだった。

「麻莉亜ちゃん」

そんなときに限って、おばあちゃんは普通にわたしの名前を呼んだ。

「外に行くなら帽子を被《かぶ》らなきゃダメですよ。麻莉亜ちゃんは色白さんだから、真っ赤になってしまいますよ」

　わたしは泣きたくなってしまった。でも涙は出ない。ただ、おばあちゃんの足元に座り、おばあちゃんの膝に、自分の顔を載せる。

　愛があるって、どういう意味なんだろう。

　わたしにはわからないよ、泰親君。

　困るよ。教えてほしい。気になって眠れないし、助けてほしい。そう言えば、今度は答えてくれるだろうか。

　おばあちゃんのしわくちゃの手が、汗で頬《ほお》にへばりついたわたしの髪を払い、いい子いい子、となでてくれた。

　わたしは立ち上がり、四堂君にメッセージを送る。毎日そうするのが約束になっているから。ただ、胸がどうしようもなく苦しくて、この苦しみをわかってくれるのは、今はもう泰親君ではなく、四堂君のような気がしたんだ。

『四堂君に、教えてほしいことがある』

　少し震える指でそう送った。

　既読はすぐについた。四堂君は、変に思わせぶりなことはしない。時間があるならすぐに見てくれて返信をくれる。逆に既読がつかないなら、忙しいか、気づいていないということだ。

彼のことを知って、そうなんだとわかった。

『なに?』

『今日、泰親君が家に来てくれた。四堂君のアドバイスに従って、庭の手入れを助けてほしいって頼んだら』

『頼むことが地味だね』

ここで、少し笑ってしまう。からかっているわけじゃなくて、大真面目《おおまじめ》な顔で返信してくれている。目に浮かぶようだ。

『それでね。好きな人に会えたのに、さらに寂しくなってしまったんだ。どうしてだと思う?』

返信はなかなか来ない。たぶん、一生懸命考えてくれているんだろう。

わたしは一度スマホをポケットにしまい込み、キッチンへ行った。冷凍庫から、お気に入りのアイスバーを出す。

「そんなのばっかり食べて。デブるよ」

驚いた。姉の穂乃果《ほのか》が食卓にいた。もう昼に近いというのにまだパジャマ姿だ。ノーメークの女子大生は、お世辞《せじ》にも綺麗《きれい》とは言えない。

それでも、彼氏がいるんだから、わたしよりだいぶましだけれど。

「太りたいんだよね」

「はあ？」

「すっごく太って、ニキビもいっぱい作って、ほのちゃんのデートについていくよ」

「……あんたって、なんか発想がキモ」

わたしは言外に、放っておいてと告げたんだ。アイスくらい、どれだけ食べてもいいじゃないか。夏も冬も季節関係なく食べるよ。

だってさ、死んでしまうんだから。

死ぬまでに、あと何個くらいアイス食べられるんだろう。

そんなことを真剣に頭の中で考えていると、スマホの通知音が鳴った。

四堂君だ。

『俺にはわからない』

そうだよね。わたしは、四堂君を巻き込んだんだ。この意味不明な居心地の悪さに。人を好きになったことがないという四堂君に、恋愛の相談に似せて、巻き込んだ。

「ごめんね、忘れて……っと」

打ち込もうとしたら、新たなメッセージが表示された。

『でも、もしかしたら、本当に助けてほしいことは別にあったから、とか？』

わたしはスマホを抱きしめる。

食べていたアイスをくわえたまま、うつむいて、スマホを抱きしめる。

「やだあんた、泣いてんの？」

ほのちゃんがおろおろしてママを呼びに行く。

猫のアニがどこからかやってきて、わたしの脚に体をこすりつけた。心配そうな丸い目が、わたしを見上げている。

「……大丈夫だよ」

泣いてなんかいない。

ただね、苦しいよ。四堂君は鋭いな。やっぱりアニみたいだね。わたしはね、何もかも諦めたふりをしていただけかもしれない。今日、泰親君に会って、わかったんだ。

わたしも彼も、人を愛せないのは同じ。

でも徹底的に違っていることがある。泰親君は、本当に諦めている。死ぬ覚悟ができている。

でもわたしは違うんだ。

そのことを、誰かに叫びたいの。どうしようって、泣いて大騒ぎしたいの。

わたし本当は死にたくないのって。

喚《わめ》いて、泣いて、苦しいよって言いたい。それで、大丈夫だよって、言ってもらいたいんだ。

君は必ず恋をすることができるって。

ああ、そうか。だからわたし、四堂君と付き合ったんだ。彼に対してだったら、恋をすることができるかもしれない、そう思って。

アニを抱き上げる。日向《ひなた》の匂《にお》いがする背中に顔をうずめる。アニは、じっとしていてくれる。

わたしはたまらなく——四堂君に、会いたいな、と思った。

好物のアイスを食べながら泣くなんて、情緒《じょうちょ》不安定すぎる。

花火大会の日は、夕方の六時に四堂君と駅前で待ち合わせをした。浴衣《ゆかた》を着て、さすがに自転車は無理だな、でも下駄《げた》だと駅まで歩くの嫌だなあ、いっそスニーカーでいいか、なんて考えていたら、ほのちゃんが車で送ってくれるという。

なんだか気味が悪い。

普段、わたしたちはそれほど仲の良い姉妹ではない。三歳上のほのちゃんは、昔から、何かと「麻莉亜はずるい」というのが口癖《くちぐせ》だった。

いわく、麻莉亜ばっかり可愛《かわい》い洋服を買ってもらっている。自分はテストの点が悪いと怒られたのに、麻莉亜は怒られない。家の用事も自分ばかりが言いつけられ、文句を言うと、お姉ちゃんだから我慢しなさいと言われた。麻莉亜は生意気で、親の前だといい子ぶっているだけ。

姉妹って、ものすごく仲が良いか、悪いかのどちらかだって聞いたことがある。わたしは姉の穂乃果にあまり強い感情を抱いてはいないが、苦手ではあった。

細々と意地悪を言ってくるからだ。でも、車を出してくれるのはありがたい。

「ほのちゃんは花火大会は行かないの？」

車の中の沈黙が少し嫌で、明るく訊いてみた。

「彼ピッピがインターンで東北に行ってるんだよね。地元の友達もそれぞれ忙しいし」

彼ピッピか。膝がもぞもぞするような呼称だ。

「あんたさ、浴衣着るならメークくらいすればよかったのに」

ちらりとこちらを見て、ほのちゃんが言う。

「持ってないもん」

「えっ？　リップくらい持ってるっしょ？」

「あー。昔、おばあちゃんがくれたやつなら」

「マジで言ってんの？」

ほのちゃんはゲラゲラ笑う。わたしもおかしくて笑った。

「おばあちゃんの、シャネルだったよ。でも真っ赤で、吸血鬼みたいになるからさ」

「馬鹿だねえ。そんなん、捨てればいいのに」

「まあ、そうだけどね」

でもわたしは、ものが捨てられないタイプなのだ。わたしの部屋には、昔クレーンゲームで獲ったぬいぐるみがいくつも置いてあるし、箱が潰れた人生ゲームだって、親戚《しんせき》のおばさんにお土産《みやげ》でもらったウクレレだってある。

「あのさ」

ほのちゃんが、また切り出した。

「こないだ、なんかごめんね」

「？　こないだって？」

「デブるよって言ったこと。アイス食べながら泣いてたじゃん、あんた」

「えー……」

わたしは反応に困った。ほのちゃん、ほのちゃんがわたしに放った言葉の中には、もっととってもひどいものもあったよ。

でも、そうか。姉なりに、悪いと思って、それで今日、車出してくれたんだ。

「別に、ほのちゃんのせいじゃないからさ」

「じゃあ、なんだったの？」

「うーん。忘れちゃったけど」

本当は、うまく伝えられない。

「あのさ。あたし、ちょっとびっくりしたのね？　だってあんたって、昔からあんまり泣かない子だったじゃない？　いっつもニコニコしてて、人生勝ち組って感じで、順風満帆で悩みなんかありませんって」

「え、わたしだって悩みくらいあるよ」

「うん。そうだよね。でも、そういう、当たり前のこともさ、家族やって長いと、案外わかんなくなっちゃうもんだからさ」

わたしは、どう反応したらいいのか困り、黙り込む。

「つまりね。まあ、あんただっていろいろあるんだなってわかったのよ。今更だけど。そんな、いろいろあるときはさあ、普段だったら聞き流せる言葉も、痛かったりするじゃない？　だからね、一応謝っておく。ごめん」

「……いいよ。今度アイス買ってくれれば」

「調子のんな」

姉はさっぱりと言ってハンドルを右に切る。もう少しで駅だ。

「でも、あんたってほんと安いアイスが好きだよねえ。普通はハーゲンダッツとかさあ」

「安いなら買ってくれてもいいじゃん。こっちはバイトもできない受験生だし」

「まあそうか。いいよ、帰りに買っといてやるよ。やっすいアイス十本くらい」

「やったあ」

車中には穏やかな空気が満ちる。わたしがいつの間にか小難しいことを考える高校生になっていたように、姉もいつの間にか意地悪な中学生ではなくなっていたのだ。

駅前のロータリーで、ほのちゃんはいったん車を端に停車させると、肩から提げていたポシェットから小さな化粧《けしょう》ポーチを出した。

「リップあたしの貸してあげる」

「いいのに」

「まあまあ。すっぴんだと、浴衣が泣くよ」

姉は強引にわたしの顎《あご》をつかむと、リップをそっと塗ってくれる。間近で見る彼女はまつ毛が長くて、くるんとしている。つけまつげをしているのだ。クラスの友達がこの夏休みにやりたいと言っていた。

「うん。可愛い」

にっこり笑った姉の顔を見て、わたしは思い出す。

麻莉亜ばっかりずるいよ、と姉が泣いたこと。麻莉亜ばっかり可愛く生んでもらった。あたしはパパ似で最初っから条件が悪いじゃん。

可愛いなんて、こんな風に優しく言われたのは、だから初めてだった。

「あ、四堂君だ。行くね」

四堂君の姿を改札付近に見つけて降りようとすると、ほのちゃんがびっくりしたような声をあげる。

「えっ、今日って一緒に行くの、あの子なの?」

「うんそう」

「てっきり女友達と行くんだと思った。ええ、あんた、あんなカッコいい子と花火行くのにすっぴんで強行しようとしてたの?」

姉は身を乗り出すようにして、四堂君を凝視する。

「まさか、あんた、あの子と付き合ってんの?」

わたしは一瞬答えを迷ったけれど、

「うんそう」

と答えた。だって、学校ではそういうことになっているから。

車を降りてドアを閉めると、窓が開いて、ほのちゃんが悔《くや》しそうな顔で言った。

「麻莉亜はやっぱりずるい」

わたしはにっこりと笑う。

「アイス忘れないでね、お姉ちゃん」

「やだよ!」

そして車が走り去るのを見送って、四堂君のところまで小走りに近寄っていった。

四堂君は浴衣姿のわたしを見て、少し緊張したような顔をしている。

そういえば。

浴衣姿のわたしを褒《ほ》めること。それが今日の大事なミッションでもあった。

四堂君は予備校帰りなので、普通の私服だ。でも、なんの変哲もないTシャツと綿のパンツだって格好良く見えるのが、彼だ。スタイルがいいんだな、と少し後ろを歩いていたわたしは彼の姿を観察した。百八十二センチの長身に、頭が小さく、首が長い。細身だけど、弓道《きゅうどう》のおかげか、肩がしっかりしているのと、背中も引き締まっているのが分かる。腰の位置も高い。服装がシンプルな分、スニーカーにはこだわりがあるようで、けっこういいものを履《は》いている。

塾の教材が入ったリュックが重そうだ。でも、人が増えてきていて、周りに迷惑にならないように気をつけている。

「宇野、歩きづらい？」

途中ではっとした様子で振り返った。下駄《げた》を履いているわたしを心配してくれたのだ。

「ううん、大丈夫。でも、はぐれないように手でもつなぐ？」

四堂君は戦《いくさ》に赴《おもむ》く武士が覚悟を決めたような顔をして頷《うなず》く。

それがおかしくて笑いそうになるのを我慢した。

わたしたちは、手をつないで歩いた。手をつなぐのは、これで二回目だ。

人がどんどん増えてきて、かなり歩きづらい。それでも話しながら歩いていたから、割とすぐに花火を見るポイントに到着した。

そこは広い公園になっていて、けっこうな人が集まっている。現場近くは花火を見るところではないから、少し離れたここが見やすいよ、と京香ちゃんに教えてもらったのだ。

四堂君が持ってくれていたエコバッグから小さなレジャーシートを出して敷く。

「なんか買ってくるよ。何がいい?」

公園の向こう側に屋台が軒《のき》を連ねている。

「かき氷のレモンシロップ味」

「やっぱりそれ系か」

四堂君は苦笑し、走って買いにいってくれた。疲れているだろうに悪いな、と思ったけれど、確かに下駄では長く歩きたくない。

今だけでも、と思って下駄を脱ぎ、裸足《はだし》をシートの上に投げ出す。周囲には家族連れやカップルが同じようにシートを広げ始めていた。

四堂君は走って戻ってきてくれた。かき氷が溶けないように考えてくれたんだろう。自分はフランクフルトと、それからラムネも二本。

並んで腰を下ろす。少し距離がある。たぶん、普通のカップルにしては。木立の向こうの夜の空を見ながら、花火が打ち上がる時間になるのを待つ。

わたしは、今日、彼に言おうと決めていたことがあった。

「四堂君。こないだ、わたしの志望大学の話したじゃん？」

「うん。教育学部だよな」

「そう。わたしね、本当は推薦《すいせん》も狙えると思う」

四堂君は少しだけ黙った後、そっと訊いた。

「じゃあ、なんで」

「大学のこと、具体的に考えることから逃げてたんだ。わたしたちの十八歳は、親たちのときとだいぶ違うでしょ。死ぬかもしれない人が身近にいるのに、未来のことを考えるのは無駄な気がして」

　半分は本当のことだ。四堂君は、そうか、とつぶやくように言った。

「そう考えてしまうのは、分かる。俺も今予備校とか家で勉強しながら、思うもんな。もしかしたらこの努力も無駄になるかもしれないのにって。もっと他に、やっておかなければならないことがあるんじゃないかって」

「そうだよね」

　わたしはストローで氷を潰す。こんもりと盛り上がっていた氷は、半分、黄色いジュースみたいになった。

　でも、と彼は続けた。

「それでも俺、勉強を続ける。何もしない方がずっと不安だから。ひとつずつ、生きている自分の像を固める作業をして、穴をなくす。パズルのピース埋めるみたいに」

「それ、とてもいいと思う」

　恋をしなければ死んでしまうのだとしても、日常生活をやめるわけにはいかない。普通の十七歳と同じように勉強し、未来に備える。

「だからわたしも、推薦の希望出してみることにした」

「そうか。なんか、安心した」

「不安だったの？」

「うん。宇野ってさ、時々、なにかをものすごく我慢しているような顔するから」

　わたしはびっくりした。

「ええ、いつ？」

「こないだのカフェとか。本当はハンバーグ定食が食べたいのに、オムライス単品にしたみたいな」

「それは一種の願掛けだよ。中学生くらいからやってる」

　わたしは、素直に認めた。

「一日にひとつ、何かを我慢するの。小さなことでいいんだけど。そうしたら、願いが叶うような気がして」

　言いながら思い出した。

昔のわたしは、おばあちゃんの病気が良くなりますようにって、祈ったんだ。

その頃から、ハーゲンダッツは食べるのをやめた。本当は好きだ。でも、あえて安いアイスを食べるようにした。さすがにアイスをすべて断つのは難しかった。

でも、おばあちゃんは良くならなかった。それでもここ一年は症状が緩《ゆる》やかだから、願掛けの成果はある。

「じゃあ、大学のことは、なんで？」

訊かないでほしい。本当のことを言いたくなってしまう。嘘もつきたくない。

わたしが黙っていると、ヒューッと音が響いて、夜空に大きな花火が弾けた。

次の花火が上がる前に、空を見上げたまま、わたしは言った。

「……綺麗《きれい》だね」

「うん」

そうか。夜空に咲いた鮮やかな大輪《たいりん》の花を見て、わたしは理解した。

わたしは、怖かった。未来を望んで、それを得られなくなるのが。

でも、それでも。

「来年も見たいな」

「じゃあ、もし俺が生き延びていたら、一緒にまた見る？」

「お互いにちゃんと恋人がいたらダメじゃない？」

「それもそうか」

「わたしね。来年のことを考えないようにしてたんだ。受験のことも、来年の花火大会のことも」

「青羽のことで?」

そう。泰親君と、それから、自分のことで。どん、と花火が続けてあがって、答えずにすむ。


四堂君が、そっと言う。

「ちゃんと、締切に間に合うように推薦の希望出せよ」

「分かってる」

「それで……青羽にも、一緒に大学に行ってほしいって、頼んでみれば?」

わたしは驚いて顔を四堂君に向ける。

「泰親君といっしょに大学?」

「小学校から一緒なんだろ。不自然じゃない。学部は違っても大学も一緒に行ってほしいって頼めば? それで、青羽が前向きに検討《けんとう》してくれれば、少し脈があるかもしれない。つまり、」

そこでまた花火の音で四堂君の声がかき消された。わたしは「え?」と無意識のうちに彼の顔を近づける。四堂君の方も、ごく自然な動きで顔を寄せ、

「そうしたら、宇野は寂しくならないかもしれない」

と言った。

そうか。この前のメッセージのやり取りを、彼なりに考えてくれていたのか。

「四堂君」

顔を近づけたまま呼んでみる。わたしより高いシャンプー使ってそうだな。いい匂《にお》いがするもの。

四堂君はそこでハッとしたように身をひこうとした。わたしは彼の腕をつかんで引き止めた。

「宇野、ちょっと……」

「見て。舌、何色になってる?」

あかんベーをすると、四堂君は目を見張り、それからくくっと笑った。

「黄色以外にあんの」

夜空に続けて花火があがる。四堂君の滑らかな頰《ほお》に鮮やかな影が散らばる。まだ顔は近い。

「ミッション、できそう?」

そっと訊くと、彼は小さく頷《うなず》いて、ただひとこと、言った。

「宇野、浴衣《ゆかた》が似合ってる」

「それだけ？　今日お姉ちゃんにリップも塗ってもらったんだけど？」

「気づかなかった」

いやほんとに、四堂君らしい。わたしが笑うと、彼はじっとわたしの目を見つめて言った。

「宇野の目の中」

「え？」

「花火が閉じ込められたみたいに、キラキラしてる」

それはまたしても、反則だよ、四堂君。

きっと、わたしに恋をしていないから、言えることなんだろうけど。

わたしだって、彼に恋をしているわけじゃない。でも。

わたしは少しこそばゆくて、ぱっと彼から離れた。


花火が終わって、夜空は静寂に包まれている。わたしと四堂君は公園の反対側からバスで帰ることにした。足がとても痛かったし、電車の方が混みそうだったからだ。

運良く一番後ろの席に並んで座ることができた。わたしが窓側で、四堂君が通路側。

「わたし、バスに乗るの人生で三度目くらいかも」

「俺もそんなもん」

「おばあちゃんの病院に行くとき、付き添いで乗ったくらい。知ってる？　都内って、七十歳以上だと都営バスのフリーパスがもらえるんだよ」

「知らなかった」

「長生きすると、そういういいこともあるってことだよね」

「バスにタダで乗るのが？」

「うん」

斜め前には、老夫婦が並んで座っている。一緒に花火を見た帰りなんだろう。

不思議だな。世の中のほとんどの人が、老人になっても、ああやって花火を楽しむことができるのだ。うちのおばあちゃんも来ようと思えば来られたのかな。

ある一定の年齢以上の人たちは、たとえ恋をしたことがなくても死なない。おそらく、これが始まったのは十年くらい前のこと。

浴衣の布越しに四堂君の体温を感じる。男子ってみんな、基本的に体温が高いのかな。前は感じていた不快感が、四堂君にはやっぱり感じない。わたしはそうだけど、四堂君はどうだろう？　隣を見ると、目と目が合った。

「この状況、大丈夫？」

四堂君はすぐにわかったようだ。

「平気。俺、だいぶ宇野に慣れてきてる」

「わたし以外にもそうだといいね」

「それはわからない」

「夏休み明けくらいに、試してみる?」

「どうやって?」

「京香ちゃんを誘ってダブルデートする」

「みんな受験モードに入ってるんじゃない?」

「うん。だから、学校帰りにちょっとだけカフェに立ち寄るとか」

四堂君は、少し考えるそぶりをみせた。

「……ごめん。なんか想像できない」

夏休みが終われば、あっという間に秋になり、冬になる。わたしの当初の予定では、夏休みまでには、四堂君の女嫌いが治っているはずだった。

もしかしたら、思っていた以上に根が深いのかもしれない。

「四堂君も、我慢しているんだね。日常、いろんなことを」

「……まあ、あからさまに態度に出ないように少しは気を遣ってるけど」

前に言っていた。本当は、高校で、私立の男子校を目指したのだと。しかしそこが残念だったので、都立に来ることになった。

「そろそろ訊いてもいい? どうして、女子が怖くなったの」

四堂君は少し長めに沈黙する。訊いてはいけなかったのかもしれない。すると、

「宇野には、ちゃんと言おうと思ってた」

「うん」

「俺、五歳のときに誘拐《ゆうかい》されたんだ」

バスの音が一瞬、遠ざかった気がした。

「え？」

「引くよな。ガチで深刻な犯罪事件だったから。今まで、人には言ったことない。でも、検索すれば出てくるとは思う。その頃は都内じゃなくて、神奈川にいたし、もう十年以上前の話だから、知らない人も多いけど」

「誘拐って。誰に？」

「通いの家政婦。雪人が生まれてすぐ何度も心臓の手術になって、母親が病院に付き添い入院を繰り返してたんだ。父も仕事が忙しくて、俺の面倒を見る大人がいなかったから、ベビーシッターも兼ねた住み込みの家政婦を雇ったらしい。その女が……」

四堂君は息継ぎを忘れたように、早口にそこまで話して、唐突《とうとつ》に口をつぐんだ。

うつむいて、口を押さえている。

「……ごめ」

ちょうどバスが停まって扉が開いたところだった。

「降りよう、四堂君」

わたしは四堂君を促して、急いで後ろのドアから降りた。

そこは幹線道路の手前で、辺りは工場街で、街灯も少なくて、空《あ》き地が広がっていた。

とりあえず、具合が悪そうな四堂君を道端へ連れてゆく。四堂君は草むらに入っていて、上半身を折り曲げると、吐いた。

わたしは無言のまま、四堂君の背中をさすった。

「いいよ。ちょっと離れてて。汚すかも」

「大丈夫。これ、丸洗いできる浴衣だから」

「でも、悪い」

「悪いこと訊いたわたしが悪い」

四堂君は申し訳なさそうな顔をしたが、結局たくさんは吐かなかった。わたしはハンカチを出そうとしたが、

「……持ってる」

と、自分のハンカチを後ろポケットから取り出した。

「あそこに自販機あるね。ちょっと待ってて」

わたしは足が痛いのも忘れて自販機まで走り、水を二本買って戻った。

「ありがとう」

「ごめんね」

わたしは心の底から悪いと思い、謝った。

「土足で人の心に入り込むみたいな真似《まね》だった」

「いや。俺の方から話そうと思ってたし」

「でもさ」

「……バス、また待たなくちゃな」

わたしはざっと周囲を見渡した。工場地帯を抜ければ、知っている街に出るはずだ。

「歩こうか。たぶん、三十分くらいで帰れるし」

「でも、宇野の足」

「さっき走ったの見てた？　鼻緒《はなお》が伸びたおかげで、痛くなくなった」

「本当に？」

「うん。どうしても痛くなったら、おんぶしてくれる？」

四堂君は真面目《まじめ》な顔で頷《うなず》く。

「わかった」

冗談なのに。また、わたしがデリカシーのない女になってしまう。

歩道はまあまあの広さがある。わたしたちは夜道を並んで歩いた。

夏の生ぬるい風が、割と心地よい。本当は足が痛かったけれど、四堂君のさっきの苦しみに比べたら、なんてことはないのだ。

わたしはもう、訊かないでおこうと思った。でも四堂君は、一度落ち着いたのが良かったのか、静かな声音《こわね》で続きを話してくれた。

「……最初から、気持ち悪い人だなと思ってた気がするんだ。断片的な記憶しかないけど、スキンシップが過多というか。他にも、まあいろいろと。それで、母親がようやく雪人と退院してくる日に、その女の車に乗せられて、山奥の家に連れていかれたんだ。後から、そこは女の祖父が生前に住んでいた空き家だったって知った」

とんでもない話だ。四堂君は一週間後には警察によって保護された。当時は連日、ワイドショーなどで放送されたらしい。

女が自殺したからだ。

警察が踏み込んだ時、女は浴室で手首を切って自殺していた。死後三日が経っていて、四堂君は手足を拘束《こうそく》され、押入れの奥に監禁《かんきん》されていた。脱水症状がひどく、意識は混濁《こんだく》していて、命も危ぶまれた。

「だから俺、それ以来、暗闇が怖いんだよな。女のことも。いや、幼い頃はそうでもなかったんだけど、成長するにつれて、ますます苦手になって」

それは多分、周囲の女の子たちも成長するからだ。四堂君はおそらく、女子の、女の部分がダメなんだろう。

「その人は、どうして四堂君を誘拐したの？」

「好きだったって。成長を見守って将来的には結婚したかったたって。遺書が残ってて、そこに書いてあった」

わたしも胃がむかむかしてきた。かき氷だけではなく、お昼に食べた素麺《そうめん》が逆流してきそうだ。

「……子供が好き、とかじゃなくてだよね」

「自分だけのものにしたかったたって。よく、ロリコンっていうと男が幼い女の子を好きなイメージだけど、その逆パターンもあるんだよな」

疑問はほかにもいっぱいある。

その人、なんで誘拐までしたのか。身勝手な欲望で四堂君を連れ回して、なんで、最後は死んでしまったのか。せめて、自分が死ぬ前に、四堂君を解放すればよかったのに。

「悔《くや》しいね」

わたしは、ぽつりとつぶやいた。

「四堂君は悪くないのに。そんな人に、人生をかき乱されるなんて」

「宇野、顔怖い」

場の空気を和《なご》ませようとしたのか、あくまでも穏やかな口調だ。でも全然、和むことはできなかった。

「今からでも、昔に戻って、わたしが助けてあげたい」

そんなことは無理なのに。でも、そうしたかった。どれほど怖かっただろうか。どれほど悔しくて、今もまだ、苦しくて。

「……宇野は、たぶん自分で知らないところで俺を助けてくれてるよ」

「え？」

「ちょっと今から信じられない話するけど、引かないでほしい」

「わかった。わたしと四堂君の仲じゃないの。安心して話してみて」

わたしはきっぱりと言い切って心の準備をする。すると彼は言った。

「俺、たぶん、まだその女に執着されてる」

「……というと？」

「家にひとりでいる時に、たまに出てくるから」

わたしは息をのんだ。

「ちょっと待って。幽霊とか、そういう？」

「引くよな、やっぱ」

「いや引かない。大丈夫。四堂君はそういう嘘つかないし。幽霊が、出るってことだね」

「気の所為《せい》じゃないんだ。最初は窓ガラスとか鏡に一瞬映る、くらいのことだったんだけど。俺が疲れてるときが多いかな。風呂で寝そうになっているときとか、身体《からだ》は疲れてるのに頭が妙に冴えているようなときに、部屋の隅に現れる」

　それは、非常に恨めしそうに四堂君を見ているのだという。

「……ひどい女。自分で死んでおきながら、まだなんか欲求があるっていうの？」

「たぶん、俺に来てほしいと思ってる」

「どういうこと」

「十八歳までに、恋をしないと死ぬだろ。そうなってほしくて、俺を待ってる。だから俺は恋愛ができないのかも」

　うそぶくように言うけれど、その横顔は真剣そのものだった。

「……それで、わたしが助けてるって、どういうこと？」

「あいつが現れたときさ、宇野のこと思い出すようにしてるんだよね。顔とか、声とか」

「……うん？　それで？」

「そうすると、いなくなる。黒い霧が、さっと晴れるみたいにして、消えてなくなる」

　わたしは驚いて足を止めた。四堂君も数歩先で止まって振り返る。

「本当に？」

「こんな嘘つくかよ」

「本当に、わたしにそんな力が？」

「……いや、宇野に力があるってことなのかは、わかんないけど、でも実際には……」

「わたしって、すごい！」

わたしは高らかに宣言するように言った。

「ええ……」

「四堂君の方こそ引かないでよ。だって、わたしってすごいじゃない。四堂君の守り神ってことでしょ」

これには四堂君は一瞬ぽかんとしたけれど、すぐに笑ってくれた。

「そうかもな。宇野は俺の守り神かも」

「四堂君！」

わたしは感極まって走ってゆき、四堂君に抱きついた。

嬉しかった。

自分の価値なんて、考えることすらしなかった。未来は暗く閉ざされているものとばかり思い込んでいた。

でもわたしは。

まだ、誰かを助けることができるんだ。泰親君のことだって、きっと、助けることができるんだ。

もちろん、自分自身のことも。

四堂君は、案《あん》の定《じょう》固まっている。それはそうだ。手をつなぐこと、体温を感じる距離に座ること、ひとつひとつ段階を踏んできたのに、いきなり抱きつくなんて。

わたしはすぐに後悔《こうかい》した。我ながら飛び越え過ぎだと思った。でも四堂君は、わたしを押しのけたりはしない。恐る恐る顔を上げると、じっとわたしを見下ろしている。

「……これもミッション？」

掠《かす》れた声で彼が訊く。わたしは、ううん、と首を振った。

「ごめん。なんかこうしたくなっちゃって」

「宇野の行動が読めない」

「うん。でも、わたしは四堂君の守り神だから。次に悪霊が出てきたら、このハグを思い出して」

「分かった。そうする」

通りがかった車の窓が開いて、ヒューッと口笛で冷やかされた。わたしたちは途端に離れ、再び歩き出す。そんなわたしたちを、次のバスが追い抜いていってしまった。

思わずお互いの顔を見合わせる。わたしが笑うと、四堂君も笑う。とうとう、声を立てて二人で笑った。

何がそんなにおかしかったのかは、説明がつかない。ただ、お互いに、なにか重く苦しいものが、少し軽くなった気がしていたんだ。

もしかしたら、四堂君の抱えているものを、少しだけ、わたしが持ってあげることができたからかもしれない。

彼に隠し続けるのは、不誠実な気がしていた。

その夜、無事に家に帰り着いたわたしは、お風呂上がりに部屋で足の裏に絆創膏《ばんそうこう》を貼りながら、ずっと考えていた。

四堂君は、話しにくいことを話してくれた。

自分はどうなのか。

わたしこそが、実は、今まで誰にも恋をしたことがないのだと教えたら、四堂君はどんな顔をするだろうか。

嘆息《たんそく》し、机に向かうと、パソコンを立ち上げる。

アセクシャルの交流サイトはお気に入りに登録してあり、もう三年くらいは、のぞいていた。まだ、書き込んだことはない。

見ているだけで、心が苦しくなってしまう。

そこには、わたしと似たような状況の子たちの話があふれている。

十八歳までに、好きな人を作らなければならない焦り。中には間に合わず、死んでしまったと思《おぼ》しき人もいる。突然死してもニュースにはならないが、いつの間にか特定されて、死んだことが伝わっている。

たまに、「死なないから大丈夫」といった体験談を寄せる人もいる。アセクシャルは性的指向の一種だ。そういう人がいても悪くはないのだと、滔々《とうとう》と語る人も。希望を失わなければ生き残れるし、医学的根拠はなにもないのだから、安心してと。

でも、本当の話かはわからない。

春にアイドルの成瀬葵《なるせあおい》が死んでしまい、それ以来、ここの掲示板も荒れた。見ていられなくなって閉じていたので、久しぶりにのぞいてみた。

わたしが気にかけているのは、ハンドルネームが「さくら」という十七歳の女の子だ。自分がアセクシャル、それもＡＡであることに気づいたのは小学校高学年のときであるという。

すべての話に親近感を抱き、でもコメントする勇気もなく、彼女を追い続けていた。

その彼女の最新の書き込みは三日前だ。

『もうすべてを受け入れようと思っている』

と書かれていた。

『ありのままの自分でいるしかないのに、そんな自分は必要ないと自然界に判断されるなら、淘汰《とうた》されるしかない。それが自然の理《ことわり》なら、従うほかない。植物も、動物も、多くの種が絶滅してきた。誰をも愛することができない人間は子孫を残せず、また、同性愛同士のように愛という概念《がいねん》もこの世に残せない。だからわたしは、この自分のままで、十七歳で世を去ることを受け入れる』

　同じようなことを、わたしもつい先日まで思っていた。でもね、もしかしたら、そんな自分でも、人の役に立てるかもしれない。違う苦しみを抱えた誰かが、あなたの役に立つかもしれない。

　いろんな人が、彼女を励《はげ》ますメッセージを送っている。

　わたしは初めて、メッセージを書いた。

　ハンドルネームは、空欄《くうらん》のまま。

『諦めないで』

と。

　階下からお姉ちゃんが大声でわたしを呼んでいる。

「麻莉亜ー、アイス食べないの？」

　その声に続いて、きゃーおばあちゃん、と騒ぐ声も響く。おばあちゃんがまた何かやらかしたんだろう。なんだろう。食べ物を手づかみで握りつぶして投げたか、オムツを勝手に脱いでゴミ箱に押し込んだとか。

　誰かが見ていないと、そのどちらかをやる確率は高い。どちらにしても、家族みんなで後始末をしなければならない。

「今行くよー」

わたしも大声で返事をして、パソコンを閉じた。
そして階下に降りてゆくと、大変な事態になっていたのだった。

第三章　青羽泰親、十七歳、二〇四四年、夏

両親が見合い結婚であることは、幼い頃に聞かされていた。同じ町内の、宇野《うの》のおばあちゃんが世話をしてくれたのだと。

僕は、物心つく時にはこう考えていた。

見合い結婚だと、愛が足りない。恋愛結婚だと、愛がたくさんある。

僕の両親が互いに無関心で、普段ほとんど会話がないのは、ごく当たり前のことだと思っていた。たとえ恋愛結婚だとしても、長い年月を共に過ごした夫婦というのは、どこも大体こんなものなのだろう、と。

それに僕は、静かな環境が好きだから、会話が少ないのは苦にならない。ただし、うちの場合は空気が重い。

十歳になる頃には知識が増えて、さらにいろんなことが分かってきていた。

見合い結婚でも愛があふれる家はある。

僕の両親は、互いに無関心というよりも、嫌っている。できれば顔も見たくないし、気

配すら感じたくないのだ。

そして僕、青葉泰親《あおばやすちか》は彼らの間に奇跡的に授かった一人息子なわけだけれど、なぜか彼らは、僕のことは溺愛《できあい》している。

僕はその状況が苦しかった。

できれば、互いの伴侶《はんりょ》に対する態度と同じように、息子のことも、無視して生活してほしかったのだ。

幼い頃から、植物が好きだ。植物の生態系は単純そうに見えて、実は高度に複雑な精神世界に通じる決まりのもとに、成り立っている。

ほとんどの動物がそうであるように、植物も生殖《せいしょく》活動をする。雌雄同株《しゆうどうしゅ》で子孫が残せる種があるし、そういう点で、植物のほうがよほど人間より高度な生命であるように感じていた。

ただし、ソメイヨシノは違う。ソメイヨシノはたった一本の木を接ぎ木して増やされた種だ。全部がクローンだった。もともと寿命《じゅみょう》が六十年から長くて八十年と言われていたソメイヨシノは、十五年ほど前には、ほとんどが寿命、もしくは伝染病で死んでしまった。

異種勾配《こうばい》ではなく、接ぎ木によって増やされたソメイヨシノは、病害に弱い。クローンであるソメイヨシノは一斉に開花し、落花する。同種の間では子孫を残せず、偶然、多種の桜から花粉をもらわない限りは、そのまま実を結ばずに終わる。

僕もきっと、似たような存在なんだろう。

僕は、誰かに恋をしたことがない。

幼稚園の年長くらいになると、すでに初恋を済ませる者たちが増えてくる。僕は、友達はそれなりにいたし、彼らのことを大切な存在にも感じてはいたけれど、恋をするといったことはなかった。

十歳はさまざまなことの分岐点《ぶんきてん》で、この頃には達観していた。

アセクシャルという言葉を知ったのもこの頃。漠然《ばくぜん》と、生涯《しょうがい》に渡って、誰のことも好きにならないのだろう、と確信があった。性的にも、感情的にも。

中学生になると男子たちは性的な話を好み、第二次性徴期《だいにじせいちょうき》の話も多く耳にする。

しかし僕には、その発芽《はつが》がなかった。

誰かを見たり、特定の状況を想像して性器が反応を示すこともなければ、そのことへの欲求も不満も存在しない。そのためかどうかわからないが、幼い頃と同様の、落ち着いて、静かなテンションを維持していた。性的な話には興味がわかず、共感もできないため、中学以降は友人ができにくくなった。

それでも全然構わなかった。

むしろ、静かで穏やかな生活ができること、趣味の植物の観察を誰も邪魔をしてこない状況を、好ましく考えていた。

こんな僕だが、なぜか虐《いじ》めのようなものには遭《あ》わなかった。両親は、僕が普通の子どもと少し違うことに早くから気づいており、しばしば虐めを心配した。

しかし僕はなんの問題もなく学校に通えていたのだ。

もしかしたら、虐めのような状況はあったのかもしれないが、僕がそれを不快に感じていなかったので、虐めと認識していなかっただけかもしれない。でもこういうことは、される側が判断することで、「虐められた」と感じる子がいれば、それが他愛《たわい》のないからかいであったとしても、立派な犯罪としての虐めになるものだと思う。

そういう意味では、宇野麻莉亜《うのまりあ》は、虐められていたのだった。

麻莉亜とは、幼稚園の年長のとき、同じすみれ組だった。そしてお泊まり保育のときに恩があった。

僕は、いつもと違う環境というものがおそろしく苦手であり、大勢の子供たちと広い部屋で布団を並べて寝る状況が耐えられなかった。

麻莉亜は、僕が寂しくて眠れないのだと勘違いしたらしい。

彼女は僕のとなりで手をつないで寝てくれた。正直ありがた迷惑だったのだが、不思議と眠ることができた。

麻莉亜の気配、声、雰囲気《ふんいき》が、僕の気持ちを和《やわ》らげてくれるものだと、そのとき知った。

小学校五年で再び同じクラスになった。そして六年生に上がった頃、彼女はくだらない女子の嫉妬《しっと》によって虐められていた。

僕は彼女とともに過ごすよう意識し、彼女がひとりになって孤独に苛《さいな》まれないよう配慮《はいりょ》した。

麻莉亜はそのときのことを恩に感じすぎている。高校も同じところに進学した僕らは、同じ町内の幼馴染《おさななじみ》ということもあって、しばしば会う機会が増えた。麻莉亜は、気づいている。僕が初恋を済ませていないことを。

でも、僕も気づいている。

彼女も、僕と同種の人間であることを。

彼女は、僕が気づいていることは知らない。でも僕は、長い間こんな自分を見つめ直し考えを深めた結果、同種の人間は一目見ただけで分かるようになっているのだ。

ソメイヨシノは、北海道から九州まで、全部が、同じ花を咲かせるのだから。

「泰親君。わたしね、四堂《しどう》君と付き合うことになったよ」

彼女が、恋人ができたと報告してくるのは初めてではなかった。

正門横の薔薇園《ばらえん》で手入れをしていた僕は、彼女の肩越しに、遠くにいる男子生徒を見やった。

彼のことはなんとなく知っている。男の僕から見ても様子のいい男子だ。

「良かったね」

僕は、心から言った。でも本当は、それが嘘の交際であることを知っていた。前の恋人もそんな感じだった。

彼女は、怖いのかもしれないな、と僕は考えている。誰のことも愛せない自分が、十八で死ぬのが恐ろしいのかも。

僕のように、世の中のすべてに見切りをつけて、静かで穏やかな日々を過ごせば、すっかり諦めがつくのにな。

でも僕は、身勝手だけれど、麻莉亜には諦めてほしくはない。

できれば、長生きしてほしい。

彼女には、その価値があるのだ。

彼女のことは、普通に、美しい子だと思う。同級生の女子に対し、可愛《かわい》いと思うことはあっても、美しいと思うのは稀《まれ》なことだ。

麻莉亜は、なんといっても、瞳が綺麗《きれい》なのだ。夜空の星を集めたみたいに、常に光を内包している。

だから。僕は、自分の死は怖くはないのだが、その三ヶ月後に彼女も死んでしまうと思うと、それは苦しい。

夏休みに入る前に、彼女が言った。

「泰親君、わたし、泰親君に助けてほしいことがある」

僕は嬉しかった。

彼女のために、なにか、役に立てるなんて。

彼女の望みは、認知症を患《わずら》っている祖母のことだった。宇野家は大きな洋風の家で、庭も広い。少し前まで庭の手入れは祖母がしていたのだが、最近はさすがに手が回らなくなっている。

樹木は専門の職人に頼んでいるが、季節の草花は家人の手が回らない。

それは、僕にはぴったりの案件に思えた。

僕は二つ返事で引き受けた。

同級生たちはみんな、受験に向けての天王山《てんのうざん》ということで忙しいだろう。

でも僕は、受験勉強をするつもりはない。幸い学校の成績はトップクラスだし、校長お気に入りの薔薇を手入れしてきただけあって、活動記録も申し分ない。両親は僕が普通に大学受験をするものと考えている。教師たちもだ。

でも僕は、出願をするつもりはないのだ。

そのため、暇といえば暇であった。僕はいくつかの道具や、新しい苗を準備して自転車にくくりつけ、麻莉亜の家に行ったのだった。

夏休みは、そんなふうにして、週に二回は彼女の家に通い、長い時間をかけて庭を手入れした。彼女の両親はとても喜んでくれて、必ず夕食に誘ってくれた。

僕は一度だけ、申し出をありがたく受けた。

宇野家は、とにかく家族全員が明るい。

それは、小学校のときには分かっていた。

麻莉亜の両親は大恋愛の末に結婚したそうで、いまだにとても仲がいい。お互いへの愛と、気遣いと、尊敬を感じる。

そんな彼らに育てられた麻莉亜も、姉の穂乃果《ほのか》も、基本的に人を疑わず、他人に対しても親切と愛を提供する精神を持ち合わせている。

祖母は、確かに病なのだが、いつもにこにこしている。突然理由のわからないことを叫んだり記憶の混濁《こんだく》が見られるが、よく言われるように誰かを強く罵倒《ばとう》したり、暴れたりといったことはない。

食卓は会話がぽんぽんと飛び交い、笑い声が響く。麻莉亜も穂乃果も食欲は旺盛《おうせい》で、僕の倍は食べる。

静寂が好きな僕も、彼女の家の賑《にぎ》やかしさは嫌いではなかった。

むしろ、とても心地よかった。

でもだからこそ、毎回は、夕食の誘いは受けなかった。

なぜなら、この家の幸せな空気の中に身を置いて、心地よく感じることは、両親に対して申し訳ないと思うからだ。

僕は、自分の家の重苦しい食卓の雰囲気は好きではなかったが、両親のことはそれなりに好きだった。

十八で死んでしまうのなら、せめて、親孝行な息子でいたいのだ。

外出から戻り、家の玄関を開けると、母親が笑顔で出迎えてくれる。

「お帰り、泰親」

食卓には、僕が好きなおかずが並ぶ。父親はめったに一緒にテーブルに着かないが、早く帰宅した日には家族三人が揃って食事をする。

彼らは互いの目を見ないし、話もしない。僕を通じて会話をする。

「泰親。勉強は大丈夫そうか？　塾に行く必要があるなら、ちゃんと言うんだぞ」

「大丈夫だよ、お父さん」

「泰親は成績がいいわよねえ。行きたい大学の目星はついているの？」

「こないだ進路希望の用紙を配られたよ。農学部があるところかなと考えてる」

「好きな道を選んでいいんだからな。おまえひとりの学費くらい、お父さん稼《かせ》いでるから。

なんなら留学してもいいんだぞ」

「泰親、お代わりは？　たくさん食べなさいね」

両親は並んで座っている。その向かいの、真ん中に僕は腰掛けている。

彼らがなぜ互いのことを嫌いなのか、今では分かっている。

そもそも妥協《だきょう》で見合い結婚したのだ。お互い、まったく好みではなかったところへ、父が浮気をした。相手は同じ会社の五歳も歳上の女上司で、相手にも家庭があった。

母は、そのことに気づかないふりをした。

父の浮気は半年ほどで長続きはしなかったようだが、母はその頃から、父とは口をきかなくなった。

父は父で、とっくに、母に愛想がつきている。毎日、泣きもしなければ笑いもせず、家事だけを淡々とこなす女に。でも僕のために我慢し、離婚を思いとどまったようである。あるいは、女と別れて、いまさら離婚するのも面倒だったか。

僕がこういった経緯を知っているのは、母の日記を読んだからだ。偶然読んだわけではなく、僕は、彼女が買い物に行っているあいだに、隠してある日記を探し出して読んだ。日記をつけていることは知っていたのだ。幼い頃、自分と同じ習慣を息子にも望んだから。僕は小学校にあがってからは植物日記くらいしかやらなかったけれど。

とにかく十四歳のとき、母の日記を読んだ。

父への恨みつらみと、僕がいるから生きていける、ということが書いてあった。

僕はそのとき、トイレに駆け込み、食べたものを全部吐いた。

やめてほしかった。

誰かの生死に、かかわりたくはない。

僕が十八で死んだら、母は死ぬのだろうか？

すっかり達観した気分でいた僕は、その頃から悩み始めた。

どうして気持ちよく旅立たせてくれないのだろうか。

自分が死んだあとのことなんか、考えたくもない。両親が、せめて僕に対しても無関心でいてくれたら楽なのに。

家庭のなかで本来存在するべき夫婦間の絆《きずな》はなく、その隙間《すきま》や穴を埋めるために、彼らは僕を利用している。

母性とか、父親の責任という言葉で。

僕は「勉強するね」と言って毎日の食卓から早々に引き上げて、自室にこもり、鍵《かぎ》をかける。そしてパソコンを開くと、数年前から書き込みを始めたサイトを訪問する。

そこはアセクシャルたちの集まりだ。

人を、性的な意味で愛することができない人たちは、さらにさまざまなタイプに分類できる。

性的には人を愛せないが、感情的には恋ができる人。その逆で、感情的には恋はできないが、一定の条件があれば性的行為ができる人。恋愛感情、性的欲求、どちらも持てない人。そうであっても、周りの人への愛に溢《あふ》れ、自分自身も含め、人というものを愛せる人。

愛情を向ける対象が極端に狭く、自分すらも愛することが難しい者。

宇野麻莉亜は愛が溢れているタイプだ。僕はどうなのか、長い間結論は出なかった。

僕は、友人を大切にしてきた。

でも、今でも関係が続いているのは麻莉亜くらいだ。

僕は、自分のことが好きではない。

ただ、両親のことは、それなりに大切であり、できれば悲しませたくはない。

つまり結論としては、複合タイプといったところだ。愛を感じる人間はいるけれど、極端に少なくて、自分のことは愛していない。

そのあたりのことを、掲示板に書き込むと、たくさんの返信があった。ちなみに女性の名前で書き込んでいる。身バレをすると、この平穏な暮らしが乱れる可能性を危惧《きぐ》してのことだ。多くが励《はげ》ましてくれるものだったが、僕は励ましが欲しいわけではない。名無しの人が、こう書いてきた。

「諦めないで。わたしもまだ、がんばってみる」

この人はたぶん、自覚してまだ時間が経っていないのかもしれないな。

頑張りようがないのが、この症状なのだ。

そして世界では、日々、十八で死ぬ若者が増えてきている。

どうしてそうなのか、原因を、僕なりに調べたこともあった。

死ぬのは別に構わないのだが、原因くらいは分かっておきたいからだ。

もしかしたら、植物と同じ原理なのかもしれない、という考えがある。

ソメイヨシノは人間が作り出したクローンだから、弱点が多いのは当然として、そもそも自然界でも、似たような仕組みがあるのではないか、と。

植物は、人間が誕生するよりずっと昔から遺伝子の変異を繰り返してきた。

雌雄《しゆう》が同じ場所にたくさんある場合は子孫を問題なく残せるが、種が極端に少ない場合や、雌雄のどちらかが死に絶えた場合は、その植物は選択する。

雌雄関係なく生き残る道を選ぶ。しかし、そうすると、遺伝子的に弱い個体ばかりになって、遠からずその種は死滅する。病害虫に弱くなるのだ。

そして結局は、異種間で勾配《こうばい》をしたりと工夫《くふう》をこらすが、適合がうまくいかないと、やはり遠からず滅びる。

人間に当てはめて考えてみた。

僕らの祖父母から親の世代に、草食系男子というものが流行《はや》ったらしい。恋愛行動に強い興味を抱かず、淡白《たんぱく》に生きる若者のことだ。続いて、結婚しない若者が増え始めた。これには諸説あって、失われた三十年とかで、経済的に恵まれない第二次ベビーブームの人たちが結婚できなかった結果、新たなベビーブームがおこらなかった。若者の数が減ったところに、景気も回復せず、経済的な不安を抱える若者が急増した。

　結婚せず、結婚しても子供を持たない夫婦が増えた。出生率は低くなり、そんな中、国は、生まれた子たちを大事にしようとした。

　しかし、その、大切で貴重な新しい命の中から、今度は、強制的に心臓発作で命を終える若者が出始めたのだ。

　これは種の反乱ではないのか。

　僕は世界中の学者の諸説を調べた。アメリカの高名な遺伝子工学の博士、マーカス・ウィリアムズの研究論文は、翻訳《ほんやく》アプリを使って読み込んだ。彼が以前に書いた本も図書館で探し出して読み、過去の学会の映像はネットで見た。彼の説はこうだ。この謎の突然死を引き起こしているのは、神経疾患《しっかん》の一種である。人間は愛情による幸せを感じると神経が活性化し、心臓の動きを正常に保つことができる。これが十代までにいびつな形で滞《とどこお》ると、深刻な神経疾患を起こし、心臓が止まってしまう。博士は、この一連の死のことを『ラストハートビート』と命名した。この名前はネット上で独り歩きし、そもそもの説、神経疾患と愛による遺伝情報、心臓発作の関係性までは周知されていない。

　しかし、その、天才と呼ばれるウィリアムズ博士の説さえ、推測の域を出ず、科学的には証明されていないのだ。

もしかしたら、国は実態をつかんでいるのかもしれないが、因果《いんが》関係を科学的に説明できなければ混乱を招くとして、あえて隠蔽《いんぺい》しているのかもしれない。

そんなことを考え、調べたりしていると気分が悪くなるため、寝る前に静かに植物図鑑を見てから休むことにしている。

あの人がやってこなければ。

「……やっちゃん、ちょっといい?」

控えめなノックの音がして、母の声がする。僕は聞こえないように息を吐き出し、しばらくしてから、答える。

「うん。いいよ」

母はトレーを手に中に入ってくる。

「お勉強偉いわね。お夜食よ」

もう何度も言った。僕は十二時をまたいで勉強などしない。だから、夜食などいらないのだと。分かったわ。笑顔で母は答える。そしてその日の夜も、こうして持ってくるのだ。

今日はおにぎりだ。それも大きめをふたつ。

母の目的は、しかし、僕に過分な栄養を摂《と》らせることではない。

「あのね。ちょっと聞いてほしいことがあるのよ」

そうしてベッドに腰掛けて話し出す。

今日のパート先にこんなお客さんが来たとか。同僚のだれそれの娘の話とか。近所の意地悪な人の話とか。もしくは、自分たちの暮らしにはまったく関係のない、テレビに出てくる人の話だ。

僕はお茶だけ飲みながら、穏やかに相槌《あいづち》を打つ。そうなんだ。大変だね。それは嫌だったね。それはよかったね。

彼女はひとしきり話した後に、満足そうに笑って言うのだ。

「お母さんは幸せだな。やっちゃんみたいな息子がいて」

僕はただ、穏やかに笑う。

「ね、さっきの大学の話だけど。留学とか、遠くの国立とかは、やっぱりお母さん反対よ」

これが今日の本題か。

「やっちゃん、身体《からだ》弱いほうだし。離れて暮らすことになったら、お食事とか、誰も用意してくれないのよ。海外は治安や政情も心配だしね」

そうだねえ、と僕は返す。

「まだなにも決めてないけど、たぶん、遠い大学は受けないよ」

近くの大学も受けないよ。

お母さん。僕は、大学どころか、世界線がまったく違う場所に行こうとしているんだよ。終わりが見えているから、こうして優しくしてあげることもできるんだ。

それなのに、安心したように笑うんだね。

母は僕を、愛という名の真綿で締め付ける。どこにも行かないようにと。僕に執着し、自分の寂しさを埋めようとしている。

僕が死んだら、本当に彼女も死んでしまうのかな。

でも、その心配をすることに、僕は最近疲れてしまっている。

誕生日が、十二月じゃなければよかった。

夏休みの間にくれれば、どれほど良かっただろう。

その方が、周りの人間が早く忘れてくれる。

いっそその日までに家出をするのはどうだろう。

どこか遠くの場所で、ひそかに死ぬ。

遺体が見つからなければ、母は絶望することはない。僕はどこかで生きていると。一縷《いちる》の望みをかけて、僕は訊いてみる。

「あのさ。今から訊くのは、あくまでもたとえ話なんだけど」

「なあに。改まって」

「もしも……僕が、お父さんの言うように遠くの……ものすごく遠くの大学に行ってね。

お母さんが言うように、戦争かなにかに巻き込まれて、生死が分からなくなったとしたら。お母さん、どうする？」

「いやだ、なにを言い出すの」

母の口角は上がったまま、じっと食い入るように僕を見つめる。

同じ人間なのに、麻莉亜とは真逆の、昏《くら》い瞳だ。仄暗《ほのぐら》く、人形のようにも見える。僕はそこに、奈落の地獄を見た気がした。

「そんなの。決まってるわ。お母さん、あなたを探しに行く。見つかるまで、草の根をわけてでも探してみせるわよ」

たとえ深い森の中で人知れず死に、朽《く》ち果てても。海に身を投げて荒波に連れ去られたとしても。

僕は結局、見つけられてしまうのだ。

「……だから、たとえ話だよ」

おかしな子ねえ、と母は笑う。彼女は安心し、僕はまたひとつ絶望する。

僕の最期の夏は、こんな感じで過ぎていった。

第四章　冬のあしおと

1　蓮人

宇野《うの》と過ごした夏はあっという間に過ぎていった。新学期になり、気づけば俺は、宇野の友人たちとは身構えずに会話ができるまでに進歩していた。

しかしそれも、宇野がいたら、の話ではある。相変わらずあまり親しくない女子と一対一は気まずいし緊張する。それでも以前に比べればだいぶとっつきやすくなったと言われているらしい。

「四堂《しどう》君。誰か、気になる女子とかいる?」

部活は引退したので、夏休み明けからは毎日宇野と一緒に下校している。お決まりの児童公園のベンチでアイスを食べながら、彼女が訊いた。続けてクラスの、幾人かの仲が良い友人の名前をあげる。俺は首をその都度《つど》、横に振った。

「特には」

「好きになれるかも……って、可能性感じるのもない？」

「ない。だいたい、好きになるのがどういう感じかも分からない」

はたして来年の誕生日までに誰かに恋ができるのだろうか。女子を苦手と思わなくなるのと、誰かに恋をするというのは、実はまったく違う。

「……なんか気になってつい見ちゃうとか。すぐに声を聞きたくなる、とか」

それを聞いて、ふと、脳内をかすめる顔があった。俺は黙り込み、胸に生じたよく分からない感情の正体を考える。すると、

「あ、アイス溶けてる」

指摘され、はっと手元を見た。慌ててコーヒー味のアイスを口に含むと、その甘さと冷たさに、すべてがごまかされる。

「そういえばさ、最近、見る？」

宇野が神妙な面持《おもも》ちで訊いた。なんのことを訊かれているのか、すぐに分かる。

「見るよ。たまに」

「そっかあ」

「でも、近づいては、こない」

かつての俺のシッター兼家政婦は、戸田《とだ》梓《あずさ》という名前だった。

この世にいないはずの女が視《み》えるようになったのは、母が死んだあとのことだ。十四歳、中学三年になってから、すぐの頃。その日、同じ委員会の女子に告白された。帰宅してからも気分の悪さと頭痛を感じ、洗面所で手を洗うついでに、冷たい水で顔を洗った。顔をあげて、鏡を何気なく見て、自分の斜め後ろに映り込んだ女に驚愕《きょうがく》した。

咄嗟《とっさ》に振り返ったが、そこには誰もいなかった。しかし鼓動は静まらず、どっと嫌な汗をかいたんだ。

そうだ。最初は鏡。その次は窓ガラス。少しだけ開いたドアの向こう。最初はただ、姿が視えるだけだったのに、段々と、生々しい気配を感じるようになった。息遣い。臭《にお》い。声――。風呂の湯船の中から生じたり、勉強机に向かう俺の後ろ、背中に触れるか触れないかの位置に立たれたり、寝ているとき、金縛《かなしば》りに遭《あ》って目線を動かすと、すぐ真横に横たわっていたこともあった。その都度息ができなくなり、そのまま死んでしまうのではいかと恐怖した。

誘拐《ゆうかい》されたとき、俺は五歳だった。だから、正直、女の顔も声も忘れかけていた。しかし、十年近く時を経て、ありえない状況でその姿を視たとき、まざまざと思い出したのだ。彼女の表情や、目つきや、手のひらの温度さえ。

それが最近、少し変化が生じている。

「視えても、離れた場所にいるだけになった」

彼女は相変わらず、俺が疲れているときなどに、家の中に現れる。しかし、風呂場に現れることはなくなった。たまに現れても、部屋の隅でじっとこちらを恨めしそうに見ているだけで、近寄ってこようとはしない。

「そっか。いい傾向だよね、それって」

「だと思う。見られているだけなら、どうとでも対処できる」

気持ちは悪いが、息が止まるようなこともないし、恐ろしさが全然違う。

「わたし、まだ役に立ってる？」

「そうだと思うよ」

「今度、四堂君の家に行ってもいい？」

俺は少し驚いた。

「なにしに？」

真顔で訊くと、宇野の方もびっくりした顔をする。

「そんなん、友達の家に行く理由なんてひとつだよ。遊びに――――じゃなかった。勉強しに」

俺と宇野では勉強内容が被《かぶ》らない。夏休みも勉強を理由に何度か会ったが、肩を並べてまったく違うものをやっていた。

図書館や学校で勉強するのと、家に呼んで一緒に勉強するのは違う気がする。

俺が悩んでいると、宇野は慌てた様子で手を振った。

「やだな、そんな真剣に悩まないでよ。もちろん迷惑なら……」

「宇野。ごはん食べに来る？」

「えっ」

「俺、どうせ夕飯作るし。食べに来る？　それで、食べたら少し一緒に勉強して、帰りは送ってくから……」

「行く！」

宇野は顔を輝かせた。幼い子供みたいに。

「わあ、同級生にご飯作ってもらえるなんて嬉しい」

「そんな特別なものは作れないよ」

「なんでもいいよ。卵かけご飯でもいい！」

それは、ちょっと侮《あなど》られているな。一緒に弁当を食べているというのに。

「それで、いつにする？　わたしお土産《みやげ》買ってくね、ケーキとか、アイスとか」

やっぱりアイスなのか。

「今日でもいいよ」

「えっ、今日！」

「今日、予備校ないし。ダメなら来週……」

「ダメじゃないダメじゃない」

　宇野はくわえていた棒を制服のポケットにねじこんで、ぱっと走って自転車を停めてある場所まで行った。

　俺は苦笑しながら彼女の後を追った。


　買い物をする時間が惜しかったので、冷蔵庫にある材料でなんとかすることにする。

「いやあ、綺麗《きれい》にしてるもんだねえ、四堂君」

　キッチンにいる俺に、カウンター越しに宇野が話しかけてくる。

「突然人を招き入れることができるなんて、すごいよ。確かお父さん激務って言ってたのに」

「週末にまとめて掃除《そうじ》するんだよ」

　あと、ゴミはこまめに出すとか、水回りは一日おきに掃除するとか、基本的なルールを守れば、家はそんなに汚れないと思う。それに家にはロボット掃除機もあるし、洗濯は高性能な乾燥機がある。

「家もおっきいなー。五人家族のうちより大きいくらい」

　宇野はリビングのソファに身体《からだ》を沈め、吹き抜けの天井を見上げていた。

「テレビでも観てて。それか、参考書開いて先に勉強してもいいけど？」

「テレビにします」

あ、と宇野は腰を浮かせた。

「お手伝いすること、ある？」

「いやない」

「ですよねー」

彼女は再びソファに座り込んだ。

「そういえば、苦手な食材とかあった？」

「えーっとね。ちくわ以外なら、だいたい好き」

それも変わってるな。

夕飯のメインはパスタに決めていた。パスタソースは以前、たくさん作って冷凍しておいたものを使う。エビの背わたを取り、ブロッコリーとともに炒《いた》め、アメリケーヌソースとあえる。

トマトを湯剝《ゆむ》きして、モッツァレラチーズと重ね、市販のジェノベーゼソースをかける。ゆで卵とナッツを散らしたレタスのサラダを作り、三十分で完成した。

「宇野……」

テーブルを拭くくらいはしてもらおうと声をかけて、気付いた。テレビは点いているが、普段うるさい彼女が静かすぎる。側まで行くと、眠っているのが分かった。

クッションにもたれかかり、口を半分開いて目を閉じている。

俺は思わず、じっと彼女の寝顔を見つめた。

まつ毛が長いな。高すぎも低すぎもしない小さな鼻。唇の形が完璧《かんぺき》だと、誰かが騒いでいたな。

制服のブラウスの、胸のあたりが、呼吸に合わせて上下している。

俺は思わず、目を逸《そ》らせた。

先ほど公園でも感じた、よくわからない感情が襲ってきて、少し気分が悪くなる。

時計を見る。まだ六時半だ。あと三十分くらいなら寝かせてもいいかもしれない。考えてみれば、この華奢《きゃしゃ》な身体で朝夕と自転車通学をするのは、とても体力がいることだ。仮眠を挟んだ方が勉強の効率もいい。

なんとなく宇野の姿を隠してしまいたい気になって、側に畳《たた》んで置いてあるブランケットを彼女にかけようとした。

すると、目がぱちりと開いた。割と至近距離で目と目が合う。

俺はなぜか慌てた。

「あの、さ……」

「やだわたし寝てた？」

「うん」

「ごめん。初めて来たおうちで寝ちゃうなんて行儀《ぎょうぎ》が悪すぎる」

宇野が本当に慌てているので、俺は不可解な緊張を解いて、笑うことができた。

「今更じゃない？」

「うわひど。え、なんかいい匂《にお》いするね」

「もうできるよ」

「なのに起こそうとしなかったの？」

「うん」

パスタはまた新しく茹《ゆ》で直せばいい。ソースも温め直せる。だから。

「もう、四堂君は本当に優しいな」

宇野はぱっと立ち上がり、

「テーブル拭くよ。ふきん、これであってる？」

と言った。俺は反応が遅れたが、慌ててキッチンへ戻った。

それから山程の褒《ほ》め言葉を口にしながら、彼女は旺盛《おうせい》な食欲をみせた。大げさなんだからな、と思いつつ悪い気分ではなかった。

理由は分かっている。

誰かと食卓を囲んだのは、久しぶりだったのだ。父は、俺が彼女との結婚にいい反応を見せなかったことで、ますます帰宅が遅くなった。帰ってこない日もある。生活費だけは、前から任されていた口座に入っているから大丈夫だが、もしかしたら、すでにあの女と半同棲《はんどうせい》くらいはしているのかもしれない。

だから、誰かと食べる食事は普通に美味《うま》かったし、俺が作ったものを喜んでくれているのを見ると、弟の雪人《ゆきと》を思い出した。

宇野はその後、食器を片付けるのを率先《そっせん》してやってくれた。食洗機に入れる前の予洗いや、大きな鍋《なべ》もせっせと片付けてくれて助かった。

「アイス食う?」

「嬉しい」

俺は冷凍庫を開けて彼女に選ばせた。

宇野はバニラ味のアイスは食べない。ハーゲンダッツとか、アイスクリームに分類されるものも。彼女が好むのはラクトアイスの表示がある、安めのやつだ。案《あん》の定《じょう》、宇野はオレンジのシャーベットを選び、俺はチョコ味のハーゲンダッツにした。

テレビの前に移動し、教材を広げながらアイスを食べる。普段、勉強は自分の部屋でしているが、彼女とふたりならリビングがベストだろう。

「宇野ってなんでアイスクリームは食べないの」

単に好みの問題かと思っていたが、先程真剣に冷凍庫を物色する彼女の横顔を見て、ふと訊いてみたくなった。

「アイスクリームは、来年の春まで食べないことにしてる」

「もしかして、それも前言ってた願掛け？」

好きなものを、一日にひとつ我慢すると。

「うんそう」

どんな願掛けなのか、俺はなんとなく訊けなかった。もしかしたら、青羽《あおば》が絡んでいることなのかもしれない。

「目の前で食べて悪いな」

「ほんとだよ。よだれもんだよ」

そう言いながら、宇野はにこにこしている。その後は普通に、お互いに勉強をした。九時になって、そろそろ送っていこうかと提案しようとしたときだ。

首の後ろに突然鳥肌が立って、俺は振り向いた。

リビングのドアがいつの間にか半開きになっていて、少し気にはなっていたが、あとで閉めればいいかと思っていたのだった。

そのドアの向こうに、戸田梓がいた。

白い顔と、妙に光る片方の瞳だけが、じっとこちらを見ている。俺はあえぐように呼吸し、動けずにいた。

宇野は、すぐに気づいたようだ。俺の異変に。

「どうしたの」

「……………」

答えることはできない。あいつが、人がいるときに現れたのは初めてだ。もうこちらに近寄ってこないからと油断していた。

俺は普段と違う状況に焦り、固まり、指一本動かせずにいた。

すると宇野が動いた。

俺を、両手を大きく広げて、抱きしめるようにした。

「大丈夫。わたしがいるじゃん」

爽《さわ》やかで少し甘い香り。制服のシャツ越しに伝わる体温。俺はゆっくりと呼吸のリズムを取り戻す。

「……助かった」

ふう、と息を吐いて顔をあげると、宇野は真剣な表情で、リビングの中途半端に開いたドアを見ている。

「まだいる？」

「わからない」

もう、顔は見えていない。しかし、何かしらの気配を感じる。

宇野はすくっと立ち上がると、ドアの方に向かって歩いてゆく。

「宇野……っ」

止める暇もなく、宇野はドアを大きく開いた。廊下《ろうか》の暗がりに、リビングの明かりが広がる。黒い靄《もや》のようなものが、さっと動くのが見えた。

「出ていけ！」

宇野が叫んだ。俺はびっくりして、さらに固まった。地響きのような、腹の底から沸き上がるような、野太い声だった。

「二度と戻ってくるな！　四堂君は、わたしといっしょにいる！　おまえなんか、近寄らせはしない！」

「宇野！」

俺は焦った。慌てて彼女に駆け寄ったが、彼女は廊下に出て、玄関までをまっすぐに進み、玄関ドアを大きく開け放っていた。

俺は見た。そこから、黒い影が出てゆくのを。

「……まさか」

「見えた？」

ああ、と頷《うなず》くのに精一杯で。俺は馬鹿みたいに呆《ほう》けた顔で、ドアを見つめる。

「わたしは、なにも見えなかったよ」

宇野は言う。

「でも、出ていったなら、良かった。きっともう戻ってこない。もし戻ってきたら、電話して。わたしいつでも駆けつけるからね」

　宇野はそう言って、にっこりと笑うのだった。


　その後、自転車を二人で押しながら夜道を歩いた。宇野はひとりで帰れるといったが、せめて家の近くまでは送るつもりでいた。

「宇野、なんか霊力とかあるの？」

　俺は本気で訊いていた。宇野は小気味よく笑う。

「いや全然？　霊感とか一切なし」

「じゃあなんで……」

「特別な声使ったから、おそれをなしたんだと思うよ」

「特別な声って、さっきのあれか」

　確かに俺も度肝《どぎも》を抜かれた。可憐《かれん》な女子高生そのものである宇野が発した声とは思えないほど、野太くて、大きな声だった。

「わたしさあ、高一の時、半年間くらい、ずっと同じ痴漢《ちかん》に付け狙われたのね？　あ、その時は、電車通学だったんだけど。毎朝、必ず同じ人に」

　俺は驚いて、宇野を見た。

「それで自転車通学にしたのか?」

「うん、そう」

宇野の話によれば、相手はごく普通のサラリーマンだったらしい。電車の時間を前後にずらしても、乗る車両を変えても、数日で特定される。駅員に相談もしてみたが、現行犯で逮捕するしかないと言われ、あげくの果てには、スカートの丈をもう少し長くしてみたらどうか、などと頓珍漢《とんちんかん》なアドバイスまでされたらしい。

宇野のスカートの丈は標準だ。生活指導にひっかかりもしない。

「親には?」

「なんか、相談できなかった」

「なんで?」

「なんでだろう……たぶん、そういう目に遭《あ》う子って、思われたくなかったんだと思う。おばあちゃんのことで、うちの家族はけっこう、ギリギリのバランスで平和を維持している感じなのね? そこにわたしが、痴漢のことなんか持ち出すと、パパもママも余計に心配して、家の中のバランスが崩れちゃう気がしたんだ」

宇野が選択したのは、自転車で学校に通う、だった。家族には運動不足解消のため、と嘘をついたらしい。

「そうだったんだ。俺にも最初、そう言ってたもんな」

「四堂君に嫌われたくなくてさ」

俺は驚いた。

「嫌う？　俺が、なんで？」

宇野は曖昧《あいまい》に笑う。俺はすぐにピンときた。

「俺も危ういバランスで生きてるから？」

「え、違うよ？　単純に、痴漢に遭うような女って思われたくなかったからだよ。四堂君、女おんなしたエピソード、ダメでしょ」

「宇野は間違っている」

俺は言った。

「宇野はまったく悪くはない。悪いのはその男だ」

俺の中に、強い怒りが湧いてくるのが分かった。どうして被害を受けた側が、罪悪感にさらされなければならないのか。

その罪悪感には既視感《きしかん》がある。

俺もかつて思っていたんだ。昔誘拐《ゆうかい》されてしまったのは、俺に原因があったんじゃないかって。冷静に考えれば、五歳の子供に非があるわけがない。それでも、考えてしまう。

俺があの女の本性を見抜いて、両親に相談していたら？

でも、そうではない。

俺も宇野も、悪くなんてないのだ。

「わたしさ、自転車通学にしただけじゃなくて、自治会が主催した危機管理のイベントに参加したんだよ。そこで、教えてもらったの。夜道とかで羽交《はが》い締《じ》めにされたときとか、誰かに無理やり車に連れ込まれそうになったときに、特別な声を出しましょうって」

「さっきのがそれなんだな」

「そう。びっくりしたでしょ？　大抵の人間はその声に驚いて力が弱まるから、その隙《すき》に逃げたり、誰かに助けを求めましょうってことだったと思う。そういう声って、普段練習していないとなかなか出せないんだって。まさか悪い霊にも有効とは思わなかったけど」

「宇野、普段あの声の練習してるのか？」

「してるよ。朝、学校に行く前に電車の高架下通るんだけど、電車の通過と併せてそこを駆け抜けて、大声で、うわーって」

辛《つら》い話なのに、ちゃんと明るい落とし所が用意されている。それは、彼女の優しさだと思う。

彼女を守りたい。あらゆる災厄《さいやく》から、守られるばかりじゃなく、俺が彼女を守りたい……。

結局その日、俺は、自転車を漕《こ》いで彼女の家の前まで送っていった。ちょうど帰宅した彼女の姉と、玄関付近で鉢合《はちあ》わせした。

「えーっ、やだ麻莉亜、ちょっと上がってお茶くらい飲んでってもらいなよ」

「迷惑だって、ほのちゃん。四堂君は帰って勉強があるんだから」

確かにその通りだ。

「じゃあ、明日な」

俺は彼女の姉に会釈《えしゃく》だけして、自転車にまたがった。

夜道を、家に向かってスピードをあげて漕ぎながら考える。

やっぱり自分は、まだ死ぬわけにはいかないのだと。

2　麻莉亜

病院という場所は、いつ来ても他人の顔をしているな、と思う。

わたしは総合病院の受付で母が事務手続きをしている間、ゆっくりとロビーを見渡していた。

ここに来る人は、さまざまな病を抱えている。治る見込みがない人もいるかもしれない。でも少なくとも、治るかもしれない、という可能性がある人の方が多いだろう。

ラストハートビートは、その可能性すらない。皆、本当に死んでしまうのだ。この病院だけでどれだけの医者がいるかわからないが、誰一人として、ＡＡを救える人間はいない。

「なに、難しい顔をして」

戻ってきたママに、いやべつに、と笑って、わたしは立ち上がった。

わたしはママといっしょに、おばあちゃんが入院する病院に来ていた。

あの花火大会のあった日。おばあちゃんが怪我《けが》をした。呼ばれて階下に降りていくと、家族が大騒ぎして、救急車を呼んでいた。

おばあちゃんが掃《は》き出し窓から庭に落ち、頭を強く打ったのだ。右肩を打撲《だぼく》しただけで、外科は大したことはなかったのだが、一週間、意識が戻らなかった。

意識が戻ったのは、夏休みの終わりごろ。しかし認知症が一気に進んでしまい、とうとう、家族の誰のことも分からなくなってしまった。今日は退院の日で、わたしと両親が迎えに来たのだ。

病室に入っていくと、おばあちゃんがベッドに腰掛けて待っていた。パパのことだけは思い出すかも、と思っていたのに、怪訝《けげん》そうにこちらを見る。わたしはパパが一瞬、辛い顔をしたのを見た。しかしすぐに笑って、

「帰ろうか。迎えに来たよ、母さん」

とおばあちゃんのところに近づいていった。

「どちらさま?」

おばあちゃんは不安そうな顔をみせる。わたしはおばあちゃんの横を素通りして、棚《たな》の

中の私物を片付けようとかがみ込んだ。

「ゆりこちゃん！」

おばあちゃんが叫んで、わたしの肩をがっとつかんできた。わたしは驚き、振り向いた。

「ゆりこちゃん、ああ、会いたかった！」

そう言って、ベッドから落ちそうになる勢いでわたしに抱きついてくる。わたしはただただ困惑し、両親を見た。両親はぽかんとしている。

いや待って。ゆりこちゃんて、誰？


「俺には死んだ姉がいたらしい」

ゆりこちゃんの正体が分かったのは、その夜のことだ。あまりにもおばあちゃんがその名を連呼し、わたしに執着するので、パパは親戚《しんせき》の大叔父《おおおじ》さんに電話して事情を探った。

宇野百合子《ゆりこ》は、パパが生まれる二年前に生後半年で夭折《ようせつ》した。原因が不明だったので、法医解剖をした結果、乳幼児突然死症候群として病院で診断された。その後、おばあちゃんはパパを授かったので、亡くなった乳児については、あまり周知されることはなかった。おばあちゃんも、パパにそのことは話さなかったらしい。

「赤ちゃんのときに亡くなったなら、わたしが似ているというわけでもないよね」

古いアルバムを見ても、百合子の写真は数枚しかない。

「そうだよなあ」

パパは申し訳なさそうな顔でわたしを見る。

「おまえも面倒かもしれないが、付き合ってやってくれ」

「分かった」

わたしはリビングを出て、おばあちゃんの部屋へ行ってみた。すでにベッドでぐっすりと眠っているようだ。病院から出されている薬のおかげかもしれない。夜間の徘徊《はいかい》は、家族も疲弊《ひへい》する。

わたしは、心の中でそっと語りかける。

おばあちゃん。わたし、百合子ちゃんじゃないよ。麻莉亜だよ。でも、百合子ちゃんでいてあげるね。

おばあちゃんはずっと我慢してきたんだね。子供を亡くした哀しみを抑え込んで、生きてきたんだね。それが今、こういう形で出てきたんじゃないかって、大叔父さんが言ってたらしいよ。

でもね、困ったことがある。

わたし、来年には死んじゃうかもしれないんだけど、そうしたら、おばあちゃんは、二度も百合子ちゃんを喪《うしな》うことになっちゃわないかな。

本当に、そのことはとても気がかりだ。

わたしは推薦《すいせん》の申込み手続きを終えた。先生たちは、特になんの問題もなさそうだな、と太鼓判《たいこばん》を押してくれた。このあと秋に大学側と面談があって、小論文を提出すれば、入学が許可される。

そのことを、昼休み、四堂君に伝えた。四堂君は、なぜか自分がほっとしたような顔をみせた。

「ということで、今日から小論文の課題図書を読み込むことにしようと思う」

「面接の練習は？」

「先生がしてくれるらしい」

わたしたちは、中庭のベンチで一緒にお弁当を食べていた。四堂君が作ったお弁当からおかずをひとつ分けてもらうのは、すでに約束事のようになっている。

四堂君の焼く卵焼きは美味《おい》しい。うちのパパのも美味しいが、出汁《だし》が程よくきいていて甘みがちょうどいい。

目の前を通っていった下級生が、ちらちらとこちらを見て笑っている。わたしたちが付き合っていることは、すでに学年をまたいで知れ渡っている。

「宇野。いつ、青羽に告白する？」

突然、四堂君がそんなことを言ったので、卵焼きが喉《のど》につまるかと思った。

「え、ええ、告白……」

「十二月が誕生日なんだろ。もう秋だから、そろそろ王手をかけないと」

「やめてよ、そんな攻略みたいに」

「攻略だろ。青羽はなかなかガードが硬い」

確かに。

「夏休みも、何回か会ったんだけどねえ。家にも来てもらったし。でも、完全に友達の域を出る要素はなかったね」

「告白すると、突然、意識しだすかもしれない」

「自分はどうなのよ。気のない女子に告白されて、意識するようになった？」

四堂君はうーん、と考え込む。

「……まあ。逆の意味で」

逆の意味というのは、つまり、それまであまり気にもしなかった相手が自分に恋心をいだいていると知り、避けるようになってしまった、ということだろう。

「泰親《やすちか》君もそうなるかもしれないって思うと、怖くて告白なんてできない。冗談ぽくだったら言えるかもしれないけど」

「そうしたら、ありがとう、で終わるんじゃない？」

たしかに。

「そもそも、真剣じゃないと意味がない」

「そうだけどさ……」

「このままだとあいつ、死ぬだろ？　だったらあらゆることをやってみないと」

本当は。

嘘をつくことになるから、その手は避けたいのだった。

わたしは、泰親君に死んでほしくはないけれど、泰親君に恋をしているわけではない。

そして嘘をつくと、泰親君は見抜いてしまうような気がしている。

わたしが、四堂君の告白を嘘だと見抜いたように。

でも確かに、手段を選んでいる場合ではない。

「青羽だって、自分が死ぬ可能性については当然考えてるはずだよな。宇野が思うように、初恋がまだなら。それとも、本当は初恋を経験してるってことはないのか？　宇野が知らないだけで」

「そう思う？」

それだったら、どんなにいいか。

「俺、青羽のこと良く知らないし、遠目にしか見てないけど、いつも落ち着いてる。普通、死が迫ってたら、どっか余裕のない感じにならないかな。少なくとも、俺はそうだけど」

確かに、四堂君は時々危うく脆《もろ》い感じがする。それはもともとの性格だけではなくて、自分のタイムリミットを知っているからだ。わたしもそうだ。明るく振る舞いながら、我慢することが増えてくるし、情緒《じょうちょ》が不安定な日もある。

でも、泰親君は？

泰親君はいつも泰然として、穏やかで、誰に対しても分け隔《へだ》てなく優しい。

「……もう、すでに、諦めてしまっているからかも」

少し前までのわたしがそうだったように。

わたしが可能性を捨てたくないと思ったのは、四堂君のおかげだ。四堂君が、自分の問題にかかわらせてくれたから。

そうであるなら、わたしも、泰親君にもう少し接近してもいいかもしれない。

「わたし、泰親君に告白する」

宣言するように言うと、四堂君は二度くらい瞬きする間を置いてから、うん、と頷《うなず》いた。

「宇野のために、俺も協力する」


京香《きょうか》ちゃんがおかしい。夏休み中もメッセージのやり取りは数日に一度していたけれど、九月になって登校してきたとき、京香ちゃんは暗かった。

彼氏と別れたのだという。

「勉強に集中したほうがいいでしょって。でも、あたし知ってるんだ。先輩は、同じサークルの子と浮気してたんだよね。それで受験を理由にあたしをふったの」

京香ちゃんが付き合っていたのは元男子バスケ部のひとつ上の先輩で、私大の政治経済学部に現役《げんえき》で進学している。

京香ちゃんも、同じ大学の教育学部を志望していた。

「模試の判定が、よくなくてさ。同じ大学に行けないかもって不安を言ったら、一度別れてお互いに勉強に集中しようって。自分はサークルとバイトしかがんばっていないくせに」

京香ちゃんは、ずいぶんと痩《や》せていた。聞けば、ストレスで食欲がまったくなく、無意識のうちに髪も抜いてしまうのだという。

「……あたしがもっと可愛《かわい》くて、もっと頭がよかったら、振られずにすんだのに」

京香ちゃんはそう言って泣く。わたしは、心の中でつぶやいていた。

でも、わたしよりはマシだよ。京香ちゃんは、普通に人を愛することができるでしょう？　先輩と別れてしまったのは悲しくて悔《くや》しいかもしれないけど、月日が経てば、ほかの人を好きになることができるかもしれないでしょう？　来年の今頃、生きていることを疑ったこともないでしょう？

あらゆる言葉を呑《の》み込んだせいで、うまく慰めることができない。沈黙して、悲痛な顔で彼女を見てしまった。

するとと京香ちゃんが、一瞬、すごく嫌な顔をして、言ったんだ。

「……麻莉亜にはわたしの気持ちは分かんないか」

「京香ちゃん」

「知ってる？　あんた、学年で一番可愛いって言われてるよ。あたしもそう思う。それにさ、推薦とれるんだもんね」

偶然にも、彼女が志望する大学と学部は、わたしが推薦を申し込んだところだった。京香ちゃんは理数系の評点が足らず、ＡＳＡＰが絶望的で、推薦がもらえなかった。

この時期、教室で不協和音が生じていることには気づいていた。数少ない推薦組と、受験組とで。四堂君のように、国立理系組は案外静かなものだ。ほとんどが、推薦を得る資格があるのに、国立にチャレンジする道を自ら選んだ人たちだから。

一番、軋轢《あつれき》が生じてしまうのは、同じ大学、同じ学部を志望しているのに、入学する手段が大きく違う推薦組と受験組。

すなわち、わたしと京香ちゃんのように。

「……ごめん。あたし、今きっと、過去イチ醜《みにく》い顔してるよね」

「そんなこと」

「麻莉亜が可愛くて頭がいいのは、麻莉亜のせいじゃないもんね。そういう風に生まれついたんだから、仕方ないよね」

ああ、また言われてしまうのか。

ずるいって。

姉にも言われ、同級生にも言われ、京香ちゃんは、そんなこと言わないかと思っていた。

「そうだよ」

わたしは毅然《きぜん》とした顔で京香ちゃんを正面に見た。

「わたしのせいじゃない」

彼女は、はっと怯《ひる》んだような顔をしたけれど、わたしは背を向けた。

ああ、良かった。一人で渡り廊下《ろうか》を歩きながら、胸をなでおろす。

用心していたのだ。小学校のとき、親友だと思っていた迫田柚子《さこたゆうこ》に嫌われて、排除されたときから、ずっと。

友達に、心を預けすぎないようにって。

京香ちゃんのことは好きだったし、今でも好きだ。でも、ものすごく好きなんかじゃない。

楽しい日々はたくさんあったけれど、わたしは無理もしていた。彼女の恋愛話を聞くのが辛《つら》かった。わたしの本当に気づきもしない彼女の鈍感さが、楽だった反面、寂しかった。

それなのに、けっこう胸が苦しいもんだ。

わたしはもう、十二歳の幼い女の子ではない。人の嫉妬《しっと》や、やっかみの中を、上手《じょうず》に泳いでここまで来た。

要領よく、ときにずるく。

だから悲しくなんかない。それなのに。

涙が溢《あふ》れて止まらなかった。わたしは、人気《ひとけ》のない渡り廊下の隅で、外を見るふりをして泣いた。すると、

「麻莉亜ちゃん」

後ろから声がかかって、振り向くと、泰親君がそこにいた。

慌てて目元をこすったけれど、泣いているのはバレたと思う。

それなのに、泰親君は、まるで何も見ていないかのように、いつもと同じ穏やかな微笑を浮かべて、こう言った。

「今日、また家に行ってもいい？」


「泰親君、園芸部も引退ってあるの？」

庭先で草むしりをしてくれている泰親君の背中に訊いた。わたしは自転車で急いで帰宅し、制服のままだけれど、泰親君は電車で、着替えてから来てくれている。

「うん、あるよ。それでも植物の手入れだけはしたいから、朝、作業している。そういえば、調理部は？」

「調理部も三年生は引退。後輩がカップケーキとか作ったとき、持ってきてくれる」

「へえ、いいね」

わたしも泰親君も、予備校や塾には通っていない。都立の進学校で、生徒のほとんどは、推薦組《すいせんぐみ》も含めて、どこかには通っているのに。

「そういえば、彼氏に悪かったかな」

ふと泰親君が、そう言った。

わたしは、え？　と顔をあげる。彼氏＝四堂君だと、ぴんとこなかったのだ。わたしの中で、四堂君は、彼氏というより、ほとんど親友のようになっている。

「今日、約束とかなかったの？　僕が邪魔したんじゃなければいいけど」

「大丈夫。四堂君、今日は予備校に行くから一足先に急いで出たよ」

おばあちゃんは今、病院に行っていて、家の中はわたしひとりだ。わたしはいったんキッチンへ行き、ママのとっておきの紅茶を丁寧《ていねい》に淹《い》れた。お客様用の花模様のカップに紅茶を注ぎ、同じ柄の皿にクッキーを何枚か出して、テラスに戻る。

泰親君はちょうど草抜きが終わったようで、ゴミ袋に抜いた草を詰め終えたところだった。

「なんか、ごめんね。夏休みだけって話だったのに」

「いいんだ。こういうことやってた方が、家での勉強もはかどるから」

「それならいいけど」

わたしたちは、テラスでお茶を飲む。しばらく無言でいた。九月終わりの庭はまだ蒸し暑く、秋の薔薇《ばら》が蕾《つぼみ》をつけている。

「僕さ、四季咲きの薔薇より、初夏の一季咲きの薔薇の方が好きなんだ」

「うん。その方が、勢いがあるよね」

そして潔《いさぎよ》い。一気に咲いて、一気に散る。肥料《ひりょう》さえちゃんとやって剪定《せんてい》もうまくすれば、翌年、さらに大きな株となり、見事な花を咲かせてくれる……と、まだ元気だった頃のおばあちゃんが教えてくれたんだっけ。

泰親君は、でも、その薔薇を手入れするために来てくれたわけじゃない。

理由は、小学校のときと同じなんだろう。わたしは庭を見たまま、唐突《とうとつ》に訊いた。

「助けてくれるのは、泰親君が、わたしを好きだから？」

違うと知っている。

「うん。僕、麻莉亜ちゃんが好きだよ」

「でもそれは、ラブの意味ではないよね。友達として好きってことだよね」

「そうだね」

「じゃあ、もしわたしが、泰親君を好きだと言ったら？」

泰親君は紅茶を口に含んだ。

沈黙が流れるけれど、怖くはない。答えは予測できるから。

「それは、麻莉亜ちゃんが言うところの、ラブの意味で？」

「そうだよ」

「彼氏は、どうするの」

「四堂君も知ってるよ。わたしが……本当は、泰親君を好きなんだって」

泰親君は、そうなんだ、とつぶやいて紅茶のカップを置くと、こちらを向いた。

「僕は、人を愛することができない」

喉《のど》が詰まる。

「そんなこと……」

「聞いて。本当は、前にも少し訊かれたし、知ってたでしょ？　僕たちは付き合いが長い。僕は、女子を……男子のことも、そういう目で見ることができないし、愛することができない」

そこで少し、顔を歪ませた。苦しそうな顔を、わたしは初めて見た。

「でも、麻莉亜ちゃんだから言うね。そうだとしても、僕は、人を好きにならないわけじゃないんだ」

分かるよ。泰親君。わたしたちは、誰かを性的な意味合いでは愛せない。でも、だからといって、愛がないわけじゃないんだ。

魂のどこかに触れるように人を愛することがあるんだ。わたしは京香ちゃんが好きだった。四堂君のことが大切だし、そして。

「……わたし、泰親君に死んでほしくない」

「そうなんだね」

「だからお願い。わたしのこと、好きになって？　愛するようにがんばってみて？　そうしたら……」

わたしも変われるかもしれない。

泰親君の誕生日は十二月。わたしは三月。このままいくと、わたしは先に、彼の死を見てしまう。その後どうやって、平常心を保てばいいのか、わからない。

「僕は、死にたいんだよ、麻莉亜ちゃん」

彼は恐ろしいことを言った。顔を歪ませているのは自分が苦しいというより、わたしを案じてのこと。

「嫌だよ、泰親君」

「僕はずっと、自由になりたかった。両親からも、この身体《からだ》からも、心からも。自殺する勇気はないけれど、仕方がなく死ぬ、という状況に感謝さえしている。僕は、誰かを愛することができないゆえに、死ぬんだから」

「泰親君」

「僕は、ソメイヨシノと同じなんだよ」

桜にたとえるのが、唐突とは思わなかった。学校の、体育館倉庫の裏で朽《く》ちてゆく桜、ひとりでも、時々見に行かずにはいられなかった。

誰にも愛《め》でられず、花も咲かせられず、恋もできず、ただ、一律に死んでゆく桜を。

「前にそういう話をしたでしょ。植物の話。僕は、淘汰《とうた》される。それは自然の理《ことわり》で、抗《あらが》う必要はない」

「でも、わたしは……」

「麻莉亜ちゃんは、僕とは違うはず」

そんなことない。わたしも、人を愛することができないの。叫びたい。今、そうなんだって。

すると泰親君は笑った。とても優しい、光そのもののような笑顔でわたしを見て、彼は言った。

「麻莉亜ちゃんは、たくさんの愛でできている」

だから死なないよ、と彼は言うのだ。

泰親君がなにを根拠にそう言ったのか、やっぱりわたしにはわからない。おばあちゃんが昔言ったのを、どこかで話したことがあっただろうか。

たくさんの愛でできている、とは、本当にどういう意味なんだろう。それと、アセクシャルはなんの関連もないではないか。

わたしはその夜、あの掲示板を再びのぞいてみた。

すると、「さくら」さんが、再び書き込んでいた。

『家族や友人の愛が苦しい。わたしはもう、覚悟が決まっているのに。どうかわたしを放っておいてほしい。そして、わたしが死んだら、できるだけ速やかにわたしを忘れてほしい』

分かる、というコメントが溢《あふ》れている。彼らは、自分が置いていってしまう身内のことを心配していた。その中には、誕生日が近づいているから飼っている犬を親戚《しんせき》に引き取ってもらった人もいる。

わたしは、四堂君のことを思い出した。彼は言っていた。自分ひとりならこの生に執着はしないと。でも、ハンデのある弟をひとりにはできないから、なんとしてでも生き延びたいのだと。

わたしはベッドに横になって、天井を見上げる。

泰親君は、四堂君と違うのは、そこだ。泰親君は、家族から自由になりたい気持ちの方が強い。

わたしはどうだろう。

パパとママは、お互いに本当に愛し合っているから。子どもの死は辛《つら》いだろうけれど、きっとふたりで乗り越えられる。ほのちゃんは、悲しんでくれるだろうが、自分が生きることに精一杯のはず。おばあちゃんは、わたしを百合子ちゃんだと思っている。なんだ。


わたしも、泰親君と一緒のはずだ。後世に憂《うれ》えるほどの人はいない。

それなのに、なにがこんなに苦しいんだろう。

わたしと泰親君の違いはなんだろう。


わたしは夜、電話で四堂君に、泰親君に告白したことを伝えた。しっかりフラれてしまったことも。

「あいつが本当にＡＡなら、誰に告白されたところで、変わらないか」

「そうだよね……」

「諦めんの？」

わたしが黙ると、四堂君もしばらく黙っていた。そのうちカリカリとシャーペンの音がしてくる。

「通話しながら勉強なんてよくできるね」

「宇野の声聞いてた方が、気持ちが安定する」

四堂君は、わたしにはとても素直だ。

そのことは、わたしをものすごく穏やかな気持ちにさせてくれる。

「あのね、四堂君」

「うん」

「わたし、京香ちゃんと喧嘩《けんか》しちゃって。前に約束したダブルデート、できそうにないんだ」

京香ちゃんが彼氏と別れた話はしないでおく。勝手に話しては駄目だから。

「別に構わない」

「でも、そろそろ、わたし以外の女子とも、もっと親しくならなくちゃ」

「宇野が最強女子なんだから、宇野に慣れれば、大抵はいける」

わたしは笑えなかった。

「最強女子って、どんな風に？」

可愛《かわい》いとか、成績がいいとか。そういうことを、今は言われたくはない。

すると。

「悪霊を追っ払えるほど強靭《きょうじん》な精神力」

わたしはスマホを持ち替え、少し声を落とした。

「その後は平気？」

「うん。出てこないよ。気配もない」

じゃあ本当に、あの夜、わたしが追い払ったのか。

「他には？　他に、わたしが最強女子だと思えることってある？」

「大食い。見た目によらず」

「うわ、それか」

「脚力。こないだの夜、自転車で追いつくの結構たいへんだった」

「自転車通学では大先輩だからね」

「――目」

「目？」

「宇宙がおさまってる」

「……前は、花火って言ってなかったっけ」

「俺、語彙力《ごいりょく》ないから。つまり、あのときと同じ意味」

「そういうこと、好きな子に言える日が来るといいね」

「そんな良かった？」

「うん。ドキッとした。四堂君にそう言われたら、大抵の女子は心つかまれる」

「……宇野以外は？」

「そうだね」

それでも、四堂君がわたしに恋をするようなことがあれば。少なくとも、彼は死なずにすむのだ。でも、そうしてもいいよと、前なら言えた言葉が、今はなぜか言えない。

夏が過ぎ、秋になって、一つひとつの言葉が重みを増す。

恋とか、好きとか、愛してるとか、気軽には口に出せない。

生死を分かつ破壊力を持つ言葉だから。

黙っていると、再びスマホ越しに、シャーペンの音が聞こえ始める。けっこう、マイペースなところもあるよね。そう考えると、なんだか全身の力が抜けて、気持ちが楽になるのを感じた。そして通話ボタンを押している状態で、うとうとと眠りに落ちていった。


数日後、四堂君が学校で、面白い提案をしてきた。

「蘭《らん》？」

お昼を一緒に食べているときで、スマホを出して、画面を見せてくれる。そこには変わった植物の写真があった。

「青羽が人間に興味も未練もないのは分かった。でも、なにかひとつくらいは、執着するものがあるんじゃないかなと思って」

「確かに、泰親君は、植物が好きだね」

ときどき怖くなるほどに。わたしの家の庭を手入れしているときも、集中力が凄《すさ》まじい。

そして、荒れている庭を見ると胸が痛むし、ほうっておけないんだと聞いたこともある。

「これはリュウゼツランって言ってメキシコ原産の植物なんだけど、百年に一度しか花が咲かないと云《い》われているらしい」

「それは長すぎる」

「日本では三十年から五十年で咲いたところもあるみたいだけど、どっちにしろ長いよな。だから、今から育てて来年か再来年には花がみられる植物にしたらどうだろうか」

「四堂君」

わたしは、ちょっと感動していた。勉強で忙しいだろうに、真剣に考えて、調べてくれたのが。

「ありがとう」

うん、と四堂君は頷《うなず》く。

「実は、弟が入所してる施設の職員さんが、趣味でいろんな蘭を育ててさ。こないだ行ったとき、咲かせるのが難しいって花を教えてくれたんだ。頼んだら一株分けてくれるって」

「本当？」

「今度の日曜、模試の後に行くつもりだから、分けてもらってくるよ」

わたしは、少し考えた。

「わたしも一緒に行っていい？」

四堂君は驚いた様子だ。

「え？　施設に？」

「うん。わたしのお姉ちゃんに四堂君は会ったでしょ。わたしも、四堂君の弟さんに会ってみたいよ」

四堂君は、少し逡巡《しゅんじゅん》したようだ。

「……驚かないかなあ」

「弟さんが？」

「いや、宇野が」

わたしは少し考えて、言う。

「どうだろう。驚くかもしれないけど、会いたいよ。弟さんに迷惑なら、諦めるけど」

「いや、あいつ、けっこう面食いで」

「ええ？」

「宇野のこと、気にいると思う」

「じゃあ、決まりね」

わたしは嬉しくて、ウインナーをさっと四堂君のお弁当にのせた。

「これをやろう」

「サンキュー」

最近では、躊躇《ちゅうちょ》なく食べてくれる。最初の頃はずいぶんと気を使ったものだったのに。でも四堂君は、相変わらず女子にはそっけない。もっともそれがまた彼っぽくもあり、周りもそんな彼には慣れている。


日曜日。模試が終わった四堂君と駅前でまた待ち合わせをして、電車で施設に向かった。日曜日の電車はそこそこ混んでいる。四堂君は以前よりも意識的に、わたしと人との間に壁を作ってくれているようだ。痴漢《ちかん》の話を聞いたからかもしれない。

席が空《あ》くと、先に座らせてくれた。わたしは大学に出す小論文の課題本を読みながら、ふと、目の前に立つ四堂君を見上げた。

四堂君は、綺麗《きれい》だ。男の子にその表現が正しいのかはわからないけれど。

ただ、男子として綺麗なんだと思う。世界はジェンダーレスの概念《がいねん》が定着して久しいが、それでもわたしは、男女の性差は存在すると考えている。

四堂君が無愛想なのにモテるのは、男子として綺麗だからだ。顔が整っているとか、スタイルがいいとか、そういう意味でもない。たとえば目元が涼しい感じがするけれど、男子特有の瞳の強さがあるし、シャープな顎《あご》の線や、細いようで鍛えた肩や腕も、性別を抜きには語れない造形美だ。

以前は、目に留まることもなかった。女子が騒いでいるのは知っていたけれど、わたしはそういうのが本当に分からなかったから。

隣の席が空いて、四堂君が腰を下ろす。わたしが好きな、オーガニックシャンプーの香りがする。

わたしたちはやむにやまれぬ互いの事情により、付き合うことになって、だから、わたしはこの視点を手にいれることができた。

相手の魅力に気づき、受け入れられるかどうか。

うん、わたしは、いつの間にかそれができている。四堂君は普通に格好良い。女子たちの気持ちが理解できる。でも、彼女たちは知らないだろう。見た目だけではなく、四堂君が、どれほど内面が素敵なのか。

「……なに?」

じっと横顔を見ていたら、さすがに気づかれた。

「ううん。なんか、四堂君、背が伸びたような気がしたからさ」

「成長期はとっくに終わってる」

「そうか」

わたしは、ふと考える。十七歳で身体的な成長は止まる。ああ、だから、十八歳で死ぬのかな。生物学的には、遺伝子を残せる年齢までに成熟しているのに、その可能性がないから。でもたとえば、同性愛者は死なない。それはやはり、性的な惹《ひ》かれを有する愛が、成長した体を維持するのに必要な成分を生み出すからなんだろうか。

この年齢のリミットをもうけたのが神なら、わたしは抗議したい。人間は、動物とは違う。身体《からだ》の準備が整っても、心が成長していなければ、幸福な生殖《せいしょく》行為などできないのではないかと。

もう一、二年でいい。せめて二十歳《はたち》まで生きることができたなら、わたしの心も変化しただろうか。


四堂君の弟は雪人君といって、都下の施設に四年前から入所している。それまでは、お母さんが亡くなったあと、四堂君と彼の父親で面倒を見ていたらしい。

四堂家は過去の誘拐《ゆうかい》事件から、住み込みの家政婦やヘルパーさんを頼むことは選択肢《せんたくし》になかった。だから、通いで日中だけヘルパーさんに頼み、あとは二人だけでなんとかしようとしていた。

わたしもおばあちゃんのことがあるからわかるのだが、家族だけでみるのは限界がある。ましして、四堂君の家は、お母さんがいなくて、お父さんは仕事が忙しい。

それで、四堂君が中学三年生の頃、雪人君は施設に入所させたらしい。

四堂君は、中学の間は部活動をしていなかった。弟の面倒を見ていたから。

彼の心は家族に囚われている。

家族から自由になりたいと言った泰親君と、家族のために死ぬことはできないと言い切った四堂君。

わたしは、どちらの気持ちも分かる。


雪人君は十二歳だと聞いていたが、会ってみると、とても身体が大きくて驚いた。初めは少し警戒するような様子を見せたけれど、一緒におやつを食べている間、笑顔を見せてくれた。

「麻莉亜は、お兄ちゃんのことが好き?」

直球で訊かれ、思わず、四堂君と顔を見合わせる。

「雪人、失礼だぞ」

「いいじゃない。隠すことでもないし。うん、とても好きよ」

好きの定義を細かく訊かれたら困るけれど、好きにもいろいろある。わたしは本当に四堂君が好きだ。

わたしの答えを聞いて、雪人君は、ものすごく嬉しそうに破顔《はがん》した。

「よかったよー、お兄ちゃん。よかったあ」

本当に嬉しそうに身体を揺らし、全身で表現する。

「僕は心配だったんだあ。お兄ちゃんのことが、すごーく心配だったんだあ」

四堂君の瞳が揺れたので、わたしも喉《のど》がぐっと狭くなったような気がした。

「……なんだよ、雪人。生意気だな」

「好きになってくれて、良かったねえ。お兄ちゃんも、好きになって、良かったねえ」

四堂君はうつむき、前髪で顔を隠してしまう。そんな兄の顔を、雪人君は容赦《ようしゃ》なく覗《のぞ》き込む。

「恥ずかしいの、お兄ちゃん?」

「……ああ、そうだよ」

ややぶっきらぼうに四堂君は答える。わたしは、うまく笑うことができなくて、お土産《みやげ》のマフィンをむしゃむしゃと食べ続けた。

「……新田《にった》さん捜してくる」

四堂君はわたしと雪人君をテーブルに残していったん離れた。雪人君は、まだにこにこしている。

わたしは気まずかった。

嘘をついたわけではないが、雪人君が望むところの好きではない、ということが、彼に対し申し訳ない気持ちでいたのだ。

四堂君も、そうなんだろう。

「どうして、お兄ちゃんが好き?」

純真な丸い目で、雪人君が訊く。

「そうだね……」

わたしは少し考えた。

「優しいところかな?」

当たり前すぎるだろうか。しかし雪人君は今度はガタガタと机を揺らした。

「そうなんだよ。お兄ちゃんは優しいーんだ。せかいで一番優しいーんだ!」

「うん。そうなの」

今度は、わたしは気まずくはならない。彼の反応に、ものすごく共感できる。

「雪人君は? 四堂……お兄ちゃんの、どんなところが好き?」

「強いところだ!」

雪人君は即答した。

「強くて、優しいところだ!」

そうか。さすが兄弟だ。雪人君は、四堂君のことを、誰よりも理解している。

強くあろうとしたのだ。弟のために。それは、成功している。わたしは、四堂君ほど気持ちの強い男子に会ったことがない。

「自慢のお兄ちゃんだねえ」

「うん」

「大好きなんだね」

「うん！」

それから雪人君は、少しだけモジモジした様子を見せた。

「どうしたの？」

「あのね、教えるね。内緒《ないしょ》だけど、教えるね」

「分かった。内緒にする」

「僕ね、麻莉亜のことも好きだよ。可愛《かわい》いし、可愛いし、可愛い！」

可愛いのは君だよ！　わたしは抱きつきたくなってしまったが、我慢した。ここに来る前に、四堂君に聞いていたからだ。雪人君は、人懐こいが、他人との身体的接触を嫌う、と。感覚が鋭すぎるから、驚いてしまうらしい。

「わたしも雪人君が好きだよ。カッコいいし、面白いし、優しいし」

「僕はカッコいいし面白い！」

「うん、本当に」

お互いの顔を見てにやにや笑う。そこへ、

「……なに盛り上がってんだよ」

と四堂君が戻ってきた。傍《かたわ》らに、優しそうな中年女性を連れている。彼女が新田さんだ。

小さな鉢植《はちう》えを、大事そうに両手で持っていた。

帰りの電車で、わたしたちはほとんど話さずに座っていた。わたしの膝の上には新田さんにもらった鉢植えを入れた袋がのっている。とても珍しいランの苗なのだそうだ。

四堂君が黙っているから、わたしも黙っていた。いろいろな感情が入り乱れているのかもしれない。いつものようにふざけたり、からかったりするのはだめだ。

電車が最寄り駅について、わたしが先に降りるので立った。

「宇野」

呼び止められ、振り向くと。

「……ありがとな」

なにに対してのお礼なのか、訊かなくても分かったけれど。

「えー、お礼言うのはこっちじゃん。ありがとうね」

そう言って紙袋をひょい、と持ち上げて、電車を降りた。

歩いて改札に向かう途中、四堂君を乗せた電車が通り過ぎてゆく。手を振ろうと思ってそちらを見ると、四堂君は横を向いていて、わたしが手を振っているのに気づかない様子だった。

その横顔に、はっとした。

わたしは、視力がとてもいい。

四堂君は、目が赤かった。泣いているように、わたしには見えたんだ。


わたしはさっそく、入手したばかりのランの鉢植えを持って、泰親君の家に行った。

泰親君の家は、うちから徒歩で十五分くらいのところにあるマンションだ。本当は自転車だともっと早いけど、苗を揺らすのは良くないような気がして、徒歩にした。

前回、告白した時から、泰親君には微妙に避けられている気がしている。優しい彼のことだから、あからさまではないものの、メッセージもなかなか既読にならないし、しばらくしてからスタンプひとつだけが返されてくるそっけなさ。

予防線を引かれてしまったのかもしれない。それで、約束もせずに来てしまった。

インターホンを鳴らし、ドアを開けてくれたのは、彼のお母さんだった。

「麻莉亜ちゃん。久しぶりねえ。大きくなって」

「ごぶさたしています」

考えてみれば、泰親君の母親と会うのは、小学校の授業参観のとき以来だ。もちろん中高の入学式では、遠くに見かけたことはあったけれど。

わたしは正直、泰親君の母親が苦手だった。小学校のときから、会うと、値踏みするようにざっと全身を見られたものだ。今もそう。笑っているのに目は怖い。頭の中で考えている気がする。目の前にいきなり現れた娘が、息子にふさわしい交友相手かどうか。

「泰親、今、近所のコンビニに買い物に出ているのよ。ノートがなくなったとかで」

「あ、そうですか。分かりました。また改めますね」

「急ぎの用だった？　家の中で待つ？」

「いえ、大丈夫です。ついでに立ち寄っただけで。珍しい植物を……もらったんですけど、わたしじゃ育てられないから、泰親君に、と思って」

「まあ、泰親喜ぶわ。あの子、あの年になってもまだ園芸ばかり熱心で」

おばさんは、にゅっと手を前に出した。

「渡しておきますよ。お礼は、あとから本人に電話させるから」

「あ、いいえ」

わたしは思わず、鉢植えの入った紙袋を、ぎゅっと自分の胸に引き寄せた。

「大丈夫です。また……今度は、連絡してから来ます」

「そう？　本当、ごめんなさいねえ」

「……失礼します」

足早に、青羽家のドアの前を離れる。廊下《ろうか》の角のところで振り向くと、おばさんはまだこっちを見ていた。わたしは慌ててお辞儀《じぎ》をして、その場を去った。

なんとなくの後味の悪さを抱えたまま、とぼとぼと家路に着く。しかし、運が味方してくれたのかもしれない。向こうから、泰親君が歩いてきた。

「……泰親君！」

おおい、と大声をあげると、泰親君は驚いた顔をして立ち止まる。走り寄りたいけれど、鉢植えのことを考えて、早足で彼に近づいた。

「麻莉亜ちゃん。どうしたの」

困ったように笑う泰親君。

困らせているのはわたし。でも、気付かないふりをする。

「いいものを持ってきたんだ」


わたしたちは長い石段の途中に腰掛けた。そこからは、遠くの商店街まで見渡すことができる。それより手前に、わたしたちが通った小学校も見える。古びた校舎の壁が、夕日に輝いている。

「これは、ホウオウ蘭《らん》だよね」

泰親君が感心した様子で植物を見ている。

「さすが。よく分かったね」

「図鑑でしか見たことないけど、葉が特徴的なんだ。リュウゼツランに似てるけど、葉の根元と先のところが、ほんのわずかにピンクがかってるでしょ」

わたしには、全部同じ緑色に見えるけど。

「泰親君、育ててくれる？」

「悪いよ、貴重な花なのに」

「わたしが持っていても枯らすだけだもん」

「……これは温室管理が必要な植物だよ。僕の家はマンションだから、設備的に厳しいな」

「じゃあ、うちの、おばあちゃんの温室で預かるよ。だから、毎日……ううん、可能な範囲でいいから、見に来てくれる？」

おばあちゃんの温室は庭の隅にあるけれど、もう長いあいだ誰も中に入っていない。おばあちゃんはそこで、花の種から苗を育てたり、冬越しが必要な植物を鉢植えのまま保管したりしていた。

「麻莉亜ちゃん」

泰親君は、さらに困った顔をする。

「僕は、今、これを任されても……」

「ギリギリまで面倒みてくれたらいいから」

わたしは早口に遮《さえぎ》った。死、という言葉を、彼に言わせたくなかった。

階段の下から、晩秋の風が吹き付けてくる。わたしは薄い長袖《ながそで》のカットソーにデニムのスカート、泰親君はストライプのシャツに綿のパンツ。この上にジャケットを羽織《はお》るのは来週くらい。その二週間後には、セーターを着るようになるかもしれない。

冬が、忍び寄ってくる。

「……それで、いよいよってなったら、わたしががんばって育てるから。だから今、突き返したりしないで」

「……分かった」

泰親君は観念したように頷《うなず》いてくれた。わたしはほっとする。

「それでね、泰親君」

「うん」

「大好きだよ」

泰親君は少しの間の後、

「ありがとう」

と答える。

「毎日でも、言っていい？」

「いいよ。それで麻莉亜ちゃんの気がすむなら」

「じゃあさ、避けるのもやめてくれる？」

「……そんなつもりはなかったんだけど」

「泰親君は優しいから。困ってるんでしょ。でも、わたしね。泰親君に避けられると、世界で一番孤独な女の子の気分になる」

だって、かつて、孤独から救ってくれた人だから。

「それは、違うよ。実際には、麻莉亜ちゃんは、孤独じゃないはず」

「……それでもね。毎日のように、好きって言うことを許してほしい。受け入れなくてもいいから、聞いてほしい」

「分かった」

泰親君はもう、困った顔はしていなかった。ただ、眼鏡《めがね》の奥から、どこまでも静かな瞳で、わたしのことを見る。いいや、その瞳は、わたしを素通りし、どこか遠くを見るようでもある。

どこを見ているんだろう?

天国なのか。来世なのか。

わたしは、彼の肩越しに、高くなった晩秋の空を見た。まるでアニメの絵のようにもくもくとした白い雲が居座っている。

そもそも、わたしたち、死んだらどこに行くんだろう。あの雲の上の、ずっと向こうなのかな。ねえ、泰親君。

十二月に入り、推薦組《すいせんぐみ》の進学先は全員確定した。受験組もＡＳＡＰを利用するが、いよいよ出願が始まり、教室内は一気に受験モードが濃くなった。

京香ちゃんとは、あれ以来、あまり口を利《き》いていない。京香ちゃんはときどき、なにか言いたそうな顔でわたしを見ているけれど、わたしの方からは何もアクションを起こさなかった。

わたしたちの仲がおかしくなっていることについて、何人かは訊いてきたけれど、皆、それぞれ、自分の進路のことに気をとられていて、深くは追及してこない。休みがちな子もいるし、授業中はずっと寝ているか、他の教科の自主勉強をしている子もいる。

そんな中で、わたしは泰親君のことばかりが気にかかっていた。

冬になり、正門横で彼の姿を見ることもなくなった。放課後、わたしは週に三日は四堂君と帰った。帰宅するとすぐに着替えて、おばあちゃんの温室に行く。

少しすると、泰親君がやってくる。

ランの手入れをするために。霧吹きで丁寧《ていねい》に肉厚な葉を湿らせ、温室の温度を確かめてから、帰ってゆく。途中まで、わたしは彼を送る。その都度《つど》、告白した。

「泰親君。大好きだよ」

「ありがとう」

「泰親君。本当にもう、どうしようもないの?」

「そうだね」

長い石段の上で、彼と別れる。泰親君が手を降って、そこをひとりで下ってゆく。

「……わたしも行くから!」

ある日、たまらなくなって叫んだ。泰親君が振り返る。

「来年、三月には、わたしもそっち側に行く」

「麻莉亜ちゃんは来ない」

「どうしてよ!」

泰親君は、少し黙った後に、じっとわたしの顔を見上げた。眩《まぶ》しいものを見るように。

「……だって、君は、僕のことが好きなんでしょう?」

それは……そういう意味の好き、ではない。そのことを、泰親君は気づいているはず。

彼は嘆息《たんそく》し、半分まで降りていた階段を、ゆっくりと戻ってきた。

「麻莉亜ちゃん。僕さ、未練がひとつだけある」

「なに」

「君のこと。君が、困っていたり、泣いていたりするのは、昔から嫌だった。僕がこのまま死んでしまったら、麻莉亜ちゃんは、ものすごく泣くよね」

「……泣くよ。今までにないくらいに泣く」

泰親君は笑う。

「そうなんだろうな。だからさ、僕、気づいたんだ」

「え？」

「君に泣いてほしくない。そう思うのは……僕は、もしかしたら、君のことが好きなんじゃないかって」

「泰親君」

泰親君が両手でわたしの顔を優しく包んだ。

そして、次の瞬間、顔が近づいて、唇と唇がほんのわずかに触れ合った。

わたしは驚き、その場に固まってしまった。

「……ごめん」

なにを謝るのだろう。初めてのキスを、泰親君とした。こんなに素敵なことがあるだろうか。

素敵で――同時に、唇を擦りたい衝動と闘わねばならなかった。相反する気持ちの狭《はざ》間《ま》に入り込み、わたしは深く絶望する。

ああ、やっぱり。

わたしには――無理なのだ。こういったことが、すべて。

一方で、泰親君がなぜ、キスをしてきたのか、まったく分からない。わたしは震える唇を開いて訊いた。

「……どうして？」

「僕も、君が好きだから」

よどみなく、彼は答える。

「本当に？」

「たぶん……これが、恋って感情なんだと思う。そうでなければ説明つかない」

逆光で、泰親君の顔は暗い。わたしは体が震えた。

神様――と、心の中でつぶやく。

「良かった。じゃあ、死なないよね？」

「うん。僕、行きたい大学に出願したよ。植物学をやりたくて」

「泰親君にぴったり。将来、食料自給率をあげる研究にも携《たずさ》わりたいって言ってたよね」

「よく覚えてるなあ」

覚えるようにしてきたんだ。君が、いつか死んでしまうかもしれないって、ずっと怖かったから。

泰親君の言葉一つひとつを、覚えるようにしてきた。中学からずっと。

熱いものが頬《ほお》を伝い落ちる。絶望し、安心して……それなのに、力が抜けなかった。わたしは瞬きもせず、逆光の中、良く見えない泰親君の表情を、目をこらしてじっと見つめていたのだった。

「四堂君。泰親君が、わたしのこと、好きになってくれたの」

その日の夜、四堂君に電話した。一瞬、軽く息をのんだような気配があって、その後すぐに、

「良かったな」

心のこもった言葉を返してくれた。

「うん。四堂君のおかげだよ」

「俺は結局、なにも役に立ってないよ」

「そんなことない。いろいろ一緒に考えてくれたし、四堂君がいたから、めげずに気持ちを保つことができた」

「そうか。それなら良かった」

四堂君は、電話の向こうで微笑《ほほえ》んだようだ。

「……じゃあ、今日で終わりだな」

「え？」

「俺達の疑似《ぎじ》恋愛。宇野は、晴れて両思いになれたんだから」

待ってそれは違う。わたしはとっさに反論しようとして言葉をのんだ。

当たり前のことを、四堂君は言っている。

四堂君は、わたしが泰親君に恋をしていると思っている。そして、両思いになれたのだから、疑似恋愛を終えるのは自然のことだ。

「でも……、四堂君はまだ」

「俺のことは心配いらない」

四堂君は言った。

「好きな人ができたの？」

「それはまだ。でも、前ほど女が怖くもないし。宇野のおかげでさ。だから、宇野と別れた方が、他の女子と交流しやすいかも」

「それはそうだね」

わたしは、何かが腑《ふ》に落ちない。

それでもわたしたちは、結局、その日を境に別れることにした。

受験が近くなって、お互いのために別れた、ということにした。もっとも今この時期に、人の恋愛を気にしているのは、わたしたちくらいだろうけれど。

わたしは電話を切ったあと、ベッドに横になり、考えた。

アセクシャルだと思っていた泰親君が、わたしを好きだと言ってくれた。今までの好きとは全然違った。

顔が赤く見えたのは、夕日のせいだっただろうか。目が潤んでいて、手が震えていたような気もしたけれど。あんな泰親君は見たことがない。

これでもう泰親君は死なない。

四堂君のことは心配だが、もともと彼は、過去の不幸な事件のせいで、女性に対し嫌悪感を抱いていただけ。

でも、なにか大事なことを見落としている。なんだろう、と考えて、すぐに答えがわかった。

「そっか。わたしは、三月に死ぬんだ」

泰親君がわたしを好きだと言ってくれても。わたしの方は、なにも変わらない。

こればかりは、どうしようもないこと。今までもさんざん思い知らされてきたではないか。

でも、じゃあ、泰親君もそうなのではないか？　わたしたちのような人間は、なにをどうがんばったって、誰かに恋をすることなどできないのではないか？

わたしは起き上がってPCを開く。例の掲示板を覗《のぞ》いてみた。

サクラさんの投稿があがっている。

「誕生日が過ぎました。でも、死んでいません」

わたしは、明るい未来を見つけた思いで、画面を急いでスクロールする。反応はさまざまだ。そもそもいたずらではなかったのか、とか、アセクシャルであると思いこんでいたのでは、とか。裏切り者という意見もあれば、心から祝福する言葉も。

　サクラさんはこう続けている。

「誰のことも愛せないと思いました。でも、違います。わたしは、たくさんの愛でできていたんです。家族や友人に、たくさん愛されて、自分も彼らのことを愛して。恋とか、関係なかったんです。愛がたくさんある人間は、死にません。性的な意味で人を好きになれなくても、愛でできているんですから」

　スクロールする指先が震える。

どこかで聞いた言葉の羅列《られつ》だと思った。おばあちゃんと……それから、泰親君。

わたしは慌てて、スマホから泰親君にメッセージを送る。

「今日はありがとう」

　少し考えて。

「泰親君と両思いになれて、わたしは幸せです」

　月並みな言葉しか思いつかなかった。

　泰親君から、返信はなかった。

　それからしばらく、泰親君と会えない日々が続いた。彼は学校に来ない。蘭の手入れに

も現れない。何度メッセージを送っても既読にすらならない。思い切って自宅にも行ってみた。お母さんが出てきて、

「泰親、ちょっと体調崩して寝付いているのよ」

と言った。

「少しでも会えませんか?」

「ごめんなさいね。なにしろ、受験生でしょ。今しっかり治しておかなくちゃ。麻莉亜ちゃん推薦《すいせん》なんですって? いいわねぇ。でも、いろんなことは、ぜんぶ、泰親の受験が終わってからにしてくれると助かるわ」

そう言われてしまっては、引き下がるしかなかった。

わたしは毎日、蘭の手入れをした。霧吹きで丁寧《ていねい》に葉を湿らせ、彼の代わりに話しかけた。

そして、十二月二十五日の朝が来た。

終業式の翌日で冬休みの始まりだった。わたしは一睡もできなかった。今日は、泰親君の誕生日だ。明け方に生まれたらしいと、中学生の頃に言っていた。

まだ暗い中、いてもたってもいられず、着替えて自転車を出した。しんと静まり返った明け方の町を、自転車を漕《こ》いで、彼のマンションまで行った。

胸騒ぎがしていた。

泰親君の眼差《まなざ》しや声が、何度もフラッシュバッグする。

エレベーターを降りたところで、悲鳴が聞こえた。長い回廊《かいろう》を走った。泰親君の家の前まで走って、ドアを叩く。何度目かの悲鳴。嗚咽《おえつ》。間違いなく、このドアの向こうから聞こえてくる。

「泰親！　どうして！」

わたしは懸命にドアを叩く。ほどなくして、泰親君の父親がドアを開けてくれた。父親は片手にスマホを持っていて、緊迫した様子で誰かと話している。顔が真っ青だ。しどろもどろに、住所を告げている。救急車を呼んでいるのだ。

わたしは挨拶《あいさつ》もなく靴《くつ》を脱ぎ捨てて中に入った。まっすぐに、嗚咽が聞こえてくる部屋を目指す。ドアが開いていた。電気が点いている。はっきりと見えた。

息子の体に抱きつくようにして泣き叫ぶ母親。

そして、天井を見上げたまま、微動だにしない泰親君。

パジャマではなく、ちゃんと制服を着て、ネクタイもしめて。横になって、天井を、虚空を見据える瞳。

わたしは声もなく、その場にへなへなと座り込んだ。

泰親君は、十八歳の誕生日の朝、死んでしまった。心臓発作《ほっさ》だった。

その日、どこをどう自転車で帰ったのか覚えていない。気づくと家に戻っていて、しかも、自分の部屋のベッドで、普通に寝ていた。起きると、驚いたことに、時刻はすでに午後四時になろうとしていた。

冬休みに入ってすぐだったので、誰も起こしに来なかったらしい。階下に降りていくと、ママが話しかけてきたが、何をしゃべっているのか分からない。適当に相槌《あいづち》を打ちながら、冷蔵庫からリンゴジュースを出して飲む。残してくれていたお昼のチャーハンを、レンジで温め直し、機械的にスプーンで口に運ぶ。ずいぶん薄味に感じたが、寝坊した身で文句は言えない。それにしても薄味というより、まったく、なんの味もしないのはどういうことだ。

家の中は静かで、気持ちは不思議と落ち着いている。

ああ、夢を見ていたのかな。

そんなふうに考えて、おかしくなった。

馬鹿じゃないの、麻莉亜。夢なんかじゃない。

現実に、ものすごく悲しいことが起こったんだ。

案外、人は、こういうときほど、冷静になれるものかもしれない。もしかしたら、自分の感情や感覚が鈍くなるように、あえて、スイッチを切るのかもしれない。

だから眠れたし、お腹も空《す》いている。

テレビには好きなタレントが出ていたが、やっぱり、何をしゃべっているのかわからなかった。わたしは眉《まゆ》をひそめ、ふと、ダイニングテーブルの上に目をやった。ダイレクトメールや夕刊が雑に重ねてある間から、薄いピンク色の封筒が見えている。

予感があった。

震える手でその封筒に手を伸ばした。

宛名《あてな》は、わたしの名前になっている。差出人を確認する前に、体が動いていた。

「……ちょっと出てくるね」

ママがなにか言うより先に、玄関に走っていき、スニーカーをつっかけて外に出た。自転車を出し、勢いよく漕ぎ出す。

目的地には、あっという間に着いた。

そこは広い土手で、小学校のグラウンドが見渡せるようになっている。自転車を停め、草の上に腰を下ろす。それからひとつ深呼吸をして、スカートのポケットから、先程の手紙を取り出した。

「宇野麻莉亜様」

泰親君らしい、丁寧な文字で、うちの住所とわたしの名前が書いてある。

おそらく、昨日のうちに投函《とうかん》したのだろう。

休日のグラウンドでは、小学生たちが追いかけっこをして遊んでいる。すでに薄暗くなりかけていて、彼らの姿は、夕闇に溶けたように曖昧《あいまい》だ。それなのに、楽しそうに笑う声だけははっきりと聞こえてくる。

わたしは意味もなく、彼らの長い影を眺めていたが、やがて意を決し、手紙の封を切った。

『麻莉亜ちゃんへ

まずは、嘘をついたことを謝りたい。僕は君に恋をしたと言ったけれど、あれは嘘でした。

君も気づいていたように、僕は、誰に対しても恋をすることができないアセクシャルです。物心ついたときには、もう、自分はそうだと知っていました。

麻莉亜ちゃん。君もそうなんだよね。

幼稚園の頃から、僕は君に勝手な親近感を抱いていました。でも、僕と君の決定的な違いも理解していました。

君は多くの愛に恵まれていて、僕はそうではない、ということです。それは、家族に恵まれたとか、そういうことじゃない。君は多くの人に愛され、また、同じかそれ以上の愛を、周りの人に返せる人なんです。

だから僕は言ったのです。麻莉亜ちゃん、君は、たくさんの愛でできている人だと。

僕は違うのです。

僕は、人と争うことも、なにかを主張することも苦手ですが、それは、平和を愛するからではなく、ほとんどのことを、どうでもいいと思っているからです。

僕は、両親を愛してはいますが、それ以上に疎《うと》ましく思っています。

僕は、友達なんてひとりもいらないです。

僕は、自分自身さえ愛していません。

僕は、世の中のあらゆることに執着がありません。

そんな中、君のことだけは違いました。

僕は君が大切でした。

僕は、広義の意味では、君のことを愛していました。

君は、僕にとって、最後の宝物のような存在でした。

君が僕と同じ特性を持っているからだけではありません。君が、僕が、本当は望んでいたのについに持てなかったものでできていたからです。

たくさんの愛と、尊敬と、未来への希望。そういったものがたくさん、ぎゅっと集まって、麻莉亜ちゃんを形成している。

そんなふうに考えていました。

僕の死で苦しんでほしくない。傷ついてほしくない。僕は君のことが好きになったふりをして、死から免れた自分を装《よそお》いました。決して君を騙すことが目的だったわけじゃありません。

ただ、僕も、一縷《いちる》の希望を持ちたかったんです。君のことを愛している、それだけで、天が許してくれるんじゃないかと。

この手紙を君が読んでいるなら、僕はやはり許されず、死んだということでしょう。最初から、誰にも性的に惹《ひ》かれない僕は、淘汰《とうた》される運命だったのです。

麻莉亜ちゃん。どうか、自分を責めないで。君のせいじゃありません。

どうか、僕を許して。本当はね、君がいなければ、僕は、十二歳で自ら死を選んだはずです。

六年生のとき、君に声をかけたのは、自分のためだったのです。僕は君がしおれているのを見たくはなかった。

それほど、君は、僕にとっては宝物と同じ存在でした。

君が十八歳の誕生日を無事に迎えられますように。君と僕は違う。そのことを、どうか、忘れないでください。

追伸　蘭《らん》の世話を頼みます。花を咲かせるところを見たかった。

泰親』

第五章　終焉と始まり

1　蓮人

青羽泰親《あおばやすちか》の葬儀は、年の瀬も迫った日曜日に、ひそやかに執《と》り行われた。俺は青羽と友人ではなかったが、葬儀に参列した。

青羽の誕生日の日、俺はどうにも落ち着かなかった。夜、宇野《うの》に連絡をとったがつながらなかった。嫌な予感があったが、確かめようもない。しかし二日後に、学年のメッセージアプリでごく事務的に青羽の死が報告された。

何人かはラストハートビートのことを持ち出したが、削除され、今、メッセージアプリは沈黙している。葬儀に来てみれば、参列者はごくわずかだった。誰も青羽とそれほど親しくなかったのと、受験生が多いためだろう。

見知った学校の先生が二人くらいと、あとは親戚《しんせき》らしき人々。俺は宇野の姿を探したが、見当たらない。

ひとりで葬儀場に入って、焼香《しょうこう》をした。祭壇《さいだん》に飾られた青羽は穏やかに微笑《ほほえ》んでいる。

両親は疲れ切った様子でうなだれている。

どうしたんだよ……。

俺は、手を合わせている間、死んだ彼に話しかけた。

おまえ、宇野に恋をしたんじゃなかったのか。

嘘をついたのか。

それが、なんになる？　宇野を、余計に傷つけただけじゃないのか。

答えは得られない。しかし、人ごとでもない。俺だって誕生日が迫っている。今勉強しても無駄じゃないのか。国立の試験日の前に、俺は死ぬかもしれない。

外に出ると、小雪がちらついていた。天気予報では大雪にはならないと言っていたはず。念の為持参した折りたたみ傘をカバンから出す。そのとき、道路の反対側に彼女の姿を見つけた。

「……宇野！」

思わず叫ぶと、宇野は一瞬だけ俺を見た。それから踵《きびす》を返し、走り去ってしまう。

「なんだよ」

すぐに彼女を追いかけた。信号が赤だ。仕方がないので、並行してこちら側の歩道を走る。宇野は、しかし、途中で道を曲がった。俺は、ガードレールを越えて、道路に飛び出した。

クラクションが鳴った。急ブレーキを踏ませてしまったらしい。怒鳴り声が響いたが、懸命に宇野を追った。

心臓がばくばくと音を立てている。何かが怖かった。その恐怖の正体も見極められないまま走った。雪にみぞれが混じって、視界が悪い。道を反対側に渡っても、彼女の姿はどこにもない。走りながら、左右を確認する。路地の奥、柱の陰、どこかで、震えているんじゃないか。

泣いているんじゃないか。

そのことを考えると、胸が苦しかった。

はたして宇野は、いくつか先の細い路地にいた。古びたビルとビルの間で、膝を抱え込むようにして座っている。髪が雪で濡れ、小さく小さく、丸まっているように見えた。

俺は心の底から安堵《あんど》した。とりあえず、見つけることができた。

「宇野……」

彼女の前にかがみ込む。宇野は顔を伏せたまま、俺を見ようとはしない。俺はそっと手を伸ばし、彼女の髪に触れた。

「宇野。顔見せて」

とりあえず顔を見れば、彼女を慰められる気がした。俺は馬鹿だった。

宇野が顔をあげた。

泣いていた。

その、苦しそうな顔を見たとき、はっと胸を衝《つ》かれた。次いで、なにかが、俺の胸の中で弾け、全身に広がってゆく。

ああ、そうなのか。

今、わかった。

俺は、宇野が、大切だ。いつの間にか、心のほとんどを、彼女が占《し》めている。その彼女が、目の前で泣いている。苦しんでいる。そのことが、俺をこんなにも動揺《どうよう》させる。

泣かないでほしい。苦しんでほしくない。

俺は無言のまま、宇野を抱き寄せた。宇野は最初、びくっと身体《からだ》をこわばらせたが、すぐにぎゅっと身体を寄せてきた。俺は彼女の華奢《きやしや》な肩に手を回す。降ってくる雪や、みぞれや、冷気や、そして悲しみからも、彼女を守りたくて、自分の身体で彼女を隠すようにして、そっと抱きしめた。

「四堂《しどう》……君、泰親君が」

「うん」

「死んじゃった。死んじゃったんだ。誕生日の日に」

「うん」

「なにもできなかった。どうしようもできなかった。わたし……」

「うん」

俺に何が言えただろう。ただ、馬鹿みたいに相槌《あいづち》を打ち、彼女を抱きしめる。宇野も途中で言葉を諦め、ただ泣いた。全身の悲しみを爆発させるような泣き方だった。彼女と交流を初めてから七ヶ月。はじめて、宇野の涙を見た。慟哭《どうこく》ともいうような、魂の叫びを聞いた。宇野は暫《しばら》くの間、そうやって泣き続けていた。


天気予報は大外れで、雪はどんどん強く降ってくる。俺は傘を広げ、宇野とからだを寄せ合うようにして歩いた。

息が白く煙り、スニーカーに水が染みた。寒すぎるのに、狭い傘の中で、音が遮断《しゃだん》され、閉ざされているように感じる。

このまま雪が降り続けばいい。

そんなことを考えながら歩いた。俺と宇野だけ、この狭い世界に閉じ込められたまま、未来への不安など、感じなくなればいいのに。

葬儀場から宇野の家までは、そう遠くはなかった。それでも、雪のせいで、三十分は歩いたかもしれない。その間ずっと無言だったのに、家の前まで来ると、宇野は言った。

っている。


「四堂君の誕生日まで、あと二ヶ月しかないね」

宇野の顔色は紙のように白い。俺が好きな、宇宙や花火を内包した瞳は、今は、光を喪

「……わたし、四堂君には死んでほしくない」

「大丈夫」

俺は息をひとつ吸った。

「俺、好きな子ができた」

宇野は大きく目を瞠《みは》る。

「ほ、本当に」

「ああ。俺は……、」

宇野のことが、と続けようとした。しかし、その言葉は遮《さえぎ》られた。

「よかった」

宇野が口に手をあて、ぼろぼろと涙をこぼした。安堵した様子で、言葉を振り絞《しぼ》る。

「よかったよ。四堂君。本当に、よかった」

俺は、完全に言葉を失った。宇野は喜んでくれている。俺に好きな人ができたことに。

それが自分であることなど、考えもしない。それなのに、喜んでくれている。

「誰なの？　同じ学校の子？　わたし最近、学校行けてなかったから、四堂君の話も聞け

ていないね」

「……予備校で知り合った子だよ。他校」

そうして俺は嘘をつく。宇野の顔にほんの少し笑顔が戻る。

「そうか。間に合ったんだ」

「うん」

「話ききたいな。どんな子なのか。でも……ごめんね。今日は」

「いいって」

俺は宇野の肩をそっと押して、家に入るよう促した。宇野は門扉《もんぴ》に手をかけたが、ふと、振り向いて言った。

「その子に告白する？」

今度こそ、本当の告白を。

「するつもりだよ」

「いつ？」

「……来年。俺の誕生日が無事に終わって、国立の試験が終わったら」

「告白したら、両想いになれるかもしれないね」

「それはわからない」

「わかるよ。四堂君を振る女の子なんてきっといない」

君以外は。

「四堂君。その子と付き合う前に、もう一日だけわたしにくれる？」

「？　どういう意味」

「わたしね。四堂君と――行きたい場所があるの。国立の試験が終わったら」

「……いいよ」

断るはずがない。どこに行きたいのか、俺は訊いた。宇野は柔らかく微笑んで、直前まで内緒《ないしょ》だと言う。

「卒業旅行みたいなものだよ」

「泊まりがけ？」

「ううん、日帰りで行けるはず。じゃあ、約束ね」

宇野は今度こそ、家の中に入った。

俺は今来た道を引き返す。雪の上にふたりぶんの足跡が残っている。

俺は誕生日が来ても、死なないだろう。

いつの間にか、宇野に恋をしていたのだ。

これで死ぬことはないのだから、もっと嬉しくてもいいはずが、想像以上の痛みが伴《ともな》うのは、青羽が死んだせいなのか。それとも、宇野の表情に、不穏なものを感じたせいなのか。

傘を外し、空を見上げる。星ひとつない漆黒《しっこく》の空から、雪がとめどもなく降ってくる。

俺は、宇野に告白するだろう。

来年の春。

彼女の気持ちは俺にはない。死んだ青羽が持っていってしまった。でも、それでも。今度こそ、本当の告白をするのだと、心に決めたのだった。

2　麻莉亜

泰親君の死は、わたしの中で緩《ゆる》やかに消化された。もちろん悲しいし、苦しいけれど、わたしに残された日々だって、あと少ししかないのだ。

もうすぐ彼のところへ行くのだから、悲しんでばかりいるのは無意味なことだ。

そんなふうに自分を納得させた。

年が明けても、わたしは登校しなかった。休みがちな生徒がさらに増えていたから、問題はない。

四堂君とは、ときどきメッセージを送りあった。深い話はしていない。わたしは彼に勉強を頑張ってね、と言い、彼は、ありがとう、と返してきた。

まだ、彼には言っていない。

家族にも話していない。

みんな、わたしが普通に大学に行くと考えている。

わたしは日々、泰親君から託された蘭《らん》を見つめる。これを四堂君のツテでもらったとき、世界はもう少し明るかった。

でも、気づいたのだ。わたしは、本当は、彼に死んでほしくなかったのではない。彼が死ななかったら、自分にも可能性があるんじゃないか、と考えていたのだ。

そんな浅ましさを、泰親君は見抜いていたのかもしれない。わたしはいてもたってもいられなくなって、彼が残した手紙を読み直す。

何度でも読み直す。

「麻莉亜ちゃんはたくさんの愛でできている」

やっぱり、意味がわからない。

わたしと彼の決定的な違いがわからない。わたしより、泰親君の方が優しかった。でも同時に、とても残酷《ざんこく》だった。わたしに、彼の死は回避できると信じさせた。もしかしたら、わたしもわかっていたのかもしれない。大丈夫だと思い込もうとしたのかも。

この期に及んで、わたしはまだ、かすかな、小さな希望を見出《みいだ》そうとしている。泰親君の言う、「愛でできている」という言葉に。わたしは、ひょっとしたら、アセクシャルではないのではないか？　もしかしたら、人より精神面での成熟が遅いだけで、これから恋をすることができるかもしれないではないか。もしかしたら、もしかしたら……。

いや、そんなはずはない。今まで何度、挑戦してきたことだろう。その度《たび》に、思い知らされた。わたしは誰にも恋をすることができないと。でも、そうなると、「愛でできている」という言葉の意味が、やっぱり分からない。

わたしは日々鬱々《うつうつ》としながらも、家で、おばあちゃんの面倒をみた。おむつを変えて、入浴の介助をし、髪をとかし、夜は本を読んで、子守唄を歌った。ちっとも嫌じゃなかった。やることがあるのは素晴らしいこと。そして、あと少しでこの時間も終わりだと思うと、より丁寧《ていねい》にお世話をする気持ちになるのだ。

「百合子《ゆりこ》ちゃんは、優しい子ねえ」

おばあちゃんは、自分こそ小さな女の子みたいな顔で、嬉しそうに言う。しわくちゃの、すべすべした手でわたしの手を握り、百合子ちゃん、百合子ちゃん、と繰り返す。

わたしは黙って百合子のフリをしていたが、ある朝、とてもやりきれない気持ちになってしまった。

アニを膝に乗せ、ぼんやりと座っているおばあちゃんの背中を見ていたら、悲しみが、どっと襲ってきたのだ。

「ねえ、おばあちゃん」

そう呼んでも返事はしない。本当にわからないのか、とぼけているだけなのか。

「……おばあちゃんってば」

涙が頬を伝い落ちる。

おばあちゃん。わたしは、麻莉亜なの。百合子ちゃんじゃないの。

アニがすかさずやってきてくれたけど、抱き上げ、柔らかな毛並みに触れても、涙を止めることができない。

わたしとおばあちゃんの間には、たくさんの大切な思い出があったはず。

自転車の補助輪を外す練習に付き合ってくれたのは、おばあちゃんだったでしょ。ピアノ教室の送り迎えをしてくれたのも。おばあちゃんはボケてしまう直前まで、元気に軽自動車を運転していたじゃない。一緒に、郊外のアウトレットまで買い物に行ったよね。ママが絶対に買ってくれないような短いオレンジ色のショートパンツを買ってくれた。あれ、まだ持ってるよ。一緒に、アイスクリームのダブルを食べたんだよね。わたしのアイスクリーム好きは、おばあちゃん譲《ゆず》りだよ。髪の編み込みも上手《じょうず》だったし、夏になると、ほのちゃんとお揃いでワンピースを縫《ぬ》ってくれた。

そういった大切な記憶すらも、おばあちゃんは、忘れてしまったのだろうか。忘れるだけじゃなくて、生後すぐに死んでしまった、赤ん坊の百合子ちゃんとの記憶に塗り替えられてしまったのだろうか。

わたしはもうすぐいなくなるのに、おばあちゃんにとっては、もう、麻莉亜は存在しない娘なのか。

「おばあちゃん。わたし、麻莉亜だよ」

　おばあちゃんの背中は沈黙したままだ。小さな声で続ける。

「百合子ちゃんじゃないんだよ……」

　セーターの袖《そで》で涙を拭《ぬぐ》った。こんなところを、ほのちゃんに見られたら、またびっくりされてしまう。

　すると。

「麻莉亜ちゃん」

　懐かしい呼び声に顔をあげると、おばあちゃんが、わたしを見ていた。

「おばあちゃ……」

「どうしたんですか。泣いていたら、可愛《かわい》い顔が台無しですよ」

　わたしは言葉もなく、おばあちゃんの足元に崩れ落ちるように座った。オニイチャンが驚いたように逃げてゆく。おばあちゃんの手が、昔と同じようにわたしの髪を撫《な》でる。

「麻莉亜ちゃんはいい子。麻莉亜ちゃんは我慢強い」

　わたしのことを、まだ小さな子供だと思っているのかもしれない。でも、それでも構わなかった。本当に久しぶりに、名前を呼んでくれたから。

「おばあちゃん、大好きだよ」

「わたしも麻莉亜ちゃんが大好きですよ。麻莉亜ちゃんは、たくさんの愛でできている子なんですから」

また、その言葉。わたしは、今こそ、否定しなければ、と思った。

「違うんだよ、おばあちゃん。わたしはね……愛でできてはいない。だって、まだ、誰にも恋をしたことがないんだから」

おばあちゃんの手がぴたりと止まった。どういう顔をしているのか、怖くて見ることはできない。

でも、わたしは、家族の誰かには言ってしまいたかったのだ。

「これから先も、恋をすることはないと思う。いつかそんな日が来てくれるかもと思っていたけど、駄目だった」

恋をするという感情がとうとう分からないままだった。ドラマや本、友人の話から、こんなもの、という概念《がいねん》は学んだが、その感情をなぞることは無理だった。

「誰かに恋をするって、本当はどういう気持ちなのかなあ」

ほとんど独り言のようにつぶやくと。

「そうねえ。分からないわねえ」

のんびりした声がそう答える。わたしは顔をあげた。

おばあちゃんが、わたしを見ている。昔のように、しっかりとした光を放つ瞳で。

「おばあちゃんも、わからないの」

「そうですよ。わたしも、誰にも恋をしたことがないんですよ」

「嘘だ」

うふふ、とおばあちゃんは笑う。

「嘘なものですか。わたしと慶彦《よしひこ》さんはお見合いで、いつか恋い慕《した》うようになるかも、と思ってましたけど、とうとう無理でした。触れ合うことすら苦痛で、子作りは苦行《くぎょう》そのものだったんですよ」

そんな話を、孫であるわたしが聞いていいのか。いや、これほどの衝撃的な話、聞かないわけにはいかない。

「……おばあちゃんも、アセクシャルだったの？」

「なんですか、それは」

「誰かに対し、性的な惹《ひ》かれを持たない人。その中でも、感情的にも、肉体的にも惹かれがない人のことは、ＡＡ、アロマンティック・アセクシャルっていう」

「ああ、そういうことなら、そうだったんでしょうね。わたしは、生涯《しょうがい》、とうとう、誰にも恋をすることができなかった」

わたしは瞠目《どうもく》する。

なにか、大きなものが、どすん、と音を立てて自分の中心におさまった気がした。

それは、逃れようもない事実だった。

おばあちゃんはアセクシャルで、その特性が変化することはなかった。なぜなら、アセクシャルは病気ではないから。治ることも、変化することもない。

「愛でできてる」「愛が溢《あふ》れている」、なんと言われようと、わたしが、誰にも恋ができないのは、事実なのだ。

これは変わらない。

わたしは紛《まぎ》れもない、アロマンティック・アセクシャルなのだ。

そのことを、今、ようやく――そう、ようやく、自分自身が理解し、受け入れた瞬間だった。皮肉にも、同じ特性を持ち続けたおばあちゃんの言葉によって。

おばあちゃんは、まだ、優しい目でわたしを見ている。そして、囁《ささや》くような声で続けた。

「結婚生活は苦痛でしたよ。最初の子も死んでしまって。わたしはねえ、百合子ちゃんの死も悲しかったけど、それ以上に、もう一度子作りをしなくてはならないことに絶望したの。百合子ちゃんが生まれて、もう、そういう義務はなくなったと思っていたのに。宇野の義母には、子供が死んですぐに、もう一人作るようにせっつかれるし」

おばあちゃんが見合い結婚なのは知っていた。しかしまさか、そんな事情があったとは。

「おばあちゃんは、おじいちゃんが好きではなかったの？」

「好きだったし、尊敬していましたよ」

「それは……でも」

「愛してもいましたよ。ただ、恋をすることができなかっただけ。おじいちゃん以外にも、誰にも」

それでもおばあちゃんは生きている。今の時代の若者だったら、きっと死んでいた。そうしたら、わたしもここにはいない。

「だから……ごめんなさいねえ、百合子ちゃん」

また百合子に戻ってしまった。おばあちゃんはわたしを見つめたまま泣いている。

「百合子ちゃんの死を悲しむより、自分の気持ちばっかり。ごめんなさいねえ、百合子ちゃん」

そうか。おばあちゃんが、わたしを百合子ちゃんと呼び始めたのは、深い後悔《こうかい》と懺悔《ざんげ》する気持ちがあったからだ。それは記憶が薄れてもなお、おばあちゃんの胸に凝《こご》り続けていたのだ。

「だいじょうぶ」

わたしは優しい声で答えた。

「あなたは、なにも悪くはないよ」

おばあちゃんはこれを聞き、再び幼子のような顔で、ほっと安堵《あんど》したように笑った。

その日の午後、家に来客があった。

母に呼ばれて階下に行き、わたしは驚いた。意外な人物が玄関に立っていたからだ。

「麻莉亜、少し痩《や》せたね」

京香《きょうか》ちゃんはつぶやくように言った。わたしたちは駅までの道をゆっくり歩いている。

「そうかな。けっこう食べてるんだけど」

指摘されて、気がついた。そういえば、泰親君が亡くなってから、食べ物の味がほとんどしなくなった。

「……突然ごめん。電話だと、出てくれないかもと思って」

「さすがにそれはないよ」

「うん。でも……やっぱり、直接会って言うべきことだから」

なんだろう。怖いな。

わたしは身構え、黙り込む。すると。

「……麻莉亜。ごめんね」

わたしは少し間を置いて、そっと答えた。

「謝る必要なんてないでしょ」

「いや、ひどいこと言ったもん。あたし、麻莉亜に八つ当たりしただけなの。本当は、あんなこと思っていない」

「もう忘れちゃったよ」

嘘だ。一言一句覚えている。わたしがもっとも言われたくない言葉だったから。

「ずるいとか、思うのは間違っていた。あたし、麻莉亜が努力して人に嫌われないようにしてたの、知ってたのに」

わたしは足を止めた。少し先で京香ちゃんも立ち止まる。

「麻莉亜は優しいってみんな言うけど、本当は、優しいだけじゃなくて臆病だって思ってた。嫌われないように、ずいぶん気を遣ってるって」

「そんなこと、今更じゃない？」

「怒らないで。あたしはね、麻莉亜。麻莉亜が好きなの。臆病だけど、誠実だから。人のことちゃんと見てるし、向き合おうとする。知ってるでしょ？　あたし本当は女子の友達が少ないタイプだった。でも麻莉亜のおかげで、友達が増えたの。人気者の麻莉亜といっしょにいると、あたしのことも受け入れてくれる子がいるから」

それから自嘲《じちょう》気味に笑う。

「そのへんは、四堂と一緒かな」

「なんで、四堂君の話？」

「みんな言ってる。四堂、麻莉亜と付き合いだしてから、人当たりが柔らかくなったって」

四堂君。わたしたちのレッスンは、ちゃんと成果があったみたい。わたしは少し、肩の力を抜いた。気づかないうちに、緊張していたのだ。

「……本当に、謝らなくてもいいよ。わたしこそ、悪かった」

もうすぐ、京香ちゃんとも会えなくなるのだ。今日のことを、後悔させたくない。

「麻莉亜は悪くないよ」

「ううん。頑《かたく》なだったよ。京香ちゃんに言われたこと、ショックだったけど、普通の友達なら、仲直りできるレベルのことだよね。でもわたしは頑なだった。何度も京香ちゃんが話しかけたそうにしていたのも、知ってた。でも、京香ちゃんも言ったようにわたし臆病だから。自分を守りに入っちゃってね。もう傷つきたくないから、自分から遠ざけたんだ」

京香ちゃんは涙ぐんでいる。わたしが死んだら——彼女は泣くだろう。今日の日を思い出して。

「わたしさ、京香ちゃんが好きだよ」

気がついたら、そう口にしていた。京香ちゃんは顔を覆《おお》う。

「あたしだって好きだよ、馬鹿」

「馬鹿ってなによ」

「だって馬鹿だもん。あたし、二度と許してくれないのかもって思ったぁ……」

京香ちゃんは嗚咽《おえつ》さえ漏《も》らしている。わたしは彼女に近づき、一緒にガードレールに腰掛けた。下校中の小学生が、じろじろと見物しながら歩いてゆく。

「来てくれてありがとう」

「うん。再来週に試験だから、その前にどうしてもって思って。あたしがんばって、麻莉亜と同じ大学行くからね。先輩も同じ大学だけどさ、そっちは会っても他人のフリするし」

残念ながら、憧れのキャンパスで、彼女とわたしが会える日は来ない。

「……入学、遅らせるかもしれないんだ」

「えっ、どうして？」

どこの大学も、入学は四月か九月で選べるようになっている。高校卒業後に短期留学をすませて、九月に入学する人も多い。

もちろん、わたしの理由は違う。

「九月か……一年休学扱いにしてもらって、来年四月にするかも。ほらうち、おばあちゃんのお世話する人が必要だから」

京香はみるみる表情を曇らせた。

「麻莉亜はそう決めたんだね」

「うん。あ、誰にも内緒《ないしょ》にしていてね？　受験期に煩《わずら》わせたくないし。卒業式の日に、進路訊かれたら、自分で答えるから」

「四堂は知ってるの？」

「知らないよ。それこそ、四堂君は国立志望だし、わたしのことを気にしている余裕はないよ」

それに、とわたしは続けた。

「四堂君とわたし、とっくに別れてるし」

「そうなんだ」

京香ちゃんは驚いたような顔をした。

「今までで一番お似合いだったのに」

「そうかな」

「そうだよ」

電車の窓に映った二人の姿を思い出す。普通のカップルみたいだな、とあのとき考えた。でも現実は違う。

四堂君の本当の彼女になれたのだったらよかった。普通の恋愛ができる人間なら良かった。

「……青羽のことは、残念だったね」

京香ちゃんは、わたしが彼と仲が良かったことを知っている。

「そうだね」

「ラストハートビートだったんでしょ」

わたしは無言のまま目を伏せる。彼が誕生日に死んだことは、当然のことながら噂《うわさ》になっている。

でも今、その話をしたくなかった。わたしが黙り込んだので、京香ちゃんもそれ以上は追及しない。

わたしたちは再び駅までの道を歩き出した。

「京香ちゃん。受験がんばってね」

「うん。連絡するね」

笑顔で別れた。これから塾に行くのだという。改札を入ってゆくすらりと高い背中を見送る。

つくづく、自分は人に恵まれていると思う。

彼女に今日、好きだと言えて良かった。

でも、本当のことは言えなかった。それだけじゃなくて、もう絶対に無理なのに、入学を遅らせると言った。

最後の最後で、希望を口に出してしまったんだ。

一年遅れでも、二年遅れでも構わない。

わたしも大学生になりたかった。京香ちゃんと、同じキャンパスを歩きたかった。

それだけは、本当の気持ちだからね。


それでもわたしは、まだ一抹《いちまつ》の不安があった。二月二十四日。四堂君の誕生日。彼がお昼少し過ぎに生まれたことは聞いていた。

当然、その日、家でじっとしていることができなくて、四堂君の家に行った。

「え、歩き?」

四堂君は自転車じゃないわたしに驚いたようだ。

「陣中《じんちゅう》見舞いが潰れちゃ困るから」

手土産《てみやげ》を渡すと、四堂君は袋の中から箱を取り出した。

かなり大きめの箱だ。テーブルで中身を確認し、四堂君は苦笑する。

「変わった陣中見舞い」

「好きでしょ」

「まあね」

わたしが差し入れたのは、ケーキだ。それもホールケーキ。チョコレート味のクリームが綺麗《きれい》にデコレーションされている。チョコレートプレートもつけてもらった。

「Happy 18th Birthday Rento」

「さっそく食べよう」

「紅茶淹《い》れるよ」

「ありがとう」

その間に、ろうそくの準備をする。時計を確認すると、生まれた時間まであと五分。ろうそくを十八本、丁寧《ていねい》にさす。来る途中のコンビニでライターも買ってある。

四堂君が、お皿とナイフ、紅茶の準備をして戻ってきた。わたしたちは、ガラステーブルを挟んで向かい合う。

「ほんと、変わった陣中見舞い」

「ふふふ。ね、暗くしてもいい？」

わたしは立ち上がって、カーテンをしめた。ライターで、ろうそくに火をつける。暗闇の中、ケーキが、優しい光に浮かび上がった。

四堂君は真剣な顔をしている。ケーキではなく、わたしを見ている。わたしも、四堂君をじっと見た。

時計の針が進む。わたしは咄嗟《とっさ》に手をのばし、四堂君の手を握った。四堂君も、手を握り返してくれる。

「四堂君。願い事言って」

「願い事って、心の中だけでつぶやくんじゃないの」

「大丈夫。誰も聞いていていない」

「宇野が聞いてる」

「わたしのことは、そのへんの石ころだと思って」

ははは、と四堂君が笑う。

「そんな馬鹿な」

「わたしは石ころだよ。だから、願い事を言って。早く」

あと何十秒か。わからない。四堂君は、じっとわたしの目を見つめ、言った。

「宇野が幸せでありますように」

なにそれ。

どういうこと。

四堂君はふーっと息を吹きかけてろうそくの火を消す。それから立ち上がってカーテンを開けた。

「……大丈夫、なの？」

時計と、窓辺に立つ四堂君を見比べる。

「なんともない」

「苦しかったり、痛かったりは？」

「ない」

良かった。本当に、良かった。四堂君は、確かに、誰かに恋をしたのだ。

「なによ」

「宇野、なんで怖い顔してんの」

「四堂君が馬鹿だから」

「受験生にその言葉は辛《つら》い」

「馬鹿だよ。誕生日の願い事なのに。人のことじゃなくて、自分のことを願わなくちゃならないのに」

四堂君は戻ってきて、ケーキを切り分ける。一番大きいのを、わたしのお皿にのせてくれた。

「ほら、そういうとこだよ。はい、交換ね」

わたしはお皿を彼のものと取り替える。

ふたりでケーキを食べた。

「ここのケーキ、美味《おい》しいでしょ」

「美味しい」

「『幸せの丘』ってケーキ屋さん。小さなころから、宇野家のイベントの時は、必ずここのケーキだった」

よく、おばあちゃんと手を繋《つな》いで買いに行った。ケーキといっしょに、可愛《かわい》い動物のクッキーを買ってくれたりした。

「ケーキ屋の名前もいいね。味もいいけど」

「そうでしょ。だから、四堂君は幸せになるよ。ここのケーキを十八で食べたんだから」

「なにそれ呪いっぽい」

「呪いでもいいよ。四堂君は、自分の誕生日に人の幸せを願うような馬鹿だけど、神様が、特別に目をかけてくれる」

「なんか今日の宇野、変だね」

四堂君はフォークを置いて、じっとわたしを見る。

「飯、食ってる？」

「昨日の夕飯は焼き肉だったけども」

「でも、なんか痩《や》せてない？」

わたしはにこっと笑った。

「おばあちゃんがね」

ああ、とその一言だけで納得してくれる。おばあちゃんごめん。いつも、わたしの不都合な現実を隠す言い訳に使って。

「じゃ、帰るね」

立ち上がり、玄関に向かう。

「もう帰るの」

「だって、陣中見舞い終わったし」

「待って送ってく」

「いいの。駅前で、中学のときの友達と待ち合わせしてるから」

「そうか」

ほら、また嘘をつく。

玄関に座ってスニーカーを履《は》き、振り返ると、四堂君はまだなにか納得できないような顔をしている。

気をつけなくちゃ。四堂君は、ときどき、本当に鋭いから。

「じゃあ、卒業式にね」

わたしは軽く手を振って、外に出た。

少し歩いて、角を曲がって、そして、へなへなとその場に崩れ落ちる。

神様は、いないかと思ったけど、いるのかもしれない。

四堂君が、呪いから解放された。

彼は本当に恋をして、助かったのだ。

「良かった。本当に……」

わたしは立ち上がり、家までの道をゆっくりと歩いて帰った。

第六章　蓮人、十八歳の春、そして麻莉亜

国立大の試験が終わり、卒業式も終わって、合否の結果が出る前に、俺は宇野《うの》と小旅行に出かけた。

宇野が行きたいと言った場所は、長野県の千曲川《ちくまがわ》流域。目当ては道の駅で食べられるアイスだという。いくらアイス好きとはいえ、わざわざ新幹線を使ってまで長野に行くものだろうか。なにか釈然としなかったが、今日一日は、宇野の要望をすべて叶えようと決めていた。

俺達は卒業し、それぞれ別の生活が始まる。もう、今までのように一緒に自転車で下校したり、予備校帰りに待ち合わせをして他愛《たわい》もない話をすることはできないのだ。

それに俺は、宇野に恩がある。彼女に恋ができたからこそ、今、こうして生きていられるのだから。

俺達は東京駅《とうきょうえき》六時半発の北陸新幹線《ほくりくしんかんせん》に乗った。宇野は長袖《ながそで》シャツにデニム、足元は歩きやすそうなスニーカー。俺も彼女に指定された通りの動きやすい服装で、リュックの中

には防寒着も入れてきている。確かに三月末の長野は東京よりは寒いはず。日帰りで、向こうを出発するのは夜になるだろうからと、厚手の裏起毛のパーカーを入れた。彼女も、ちゃんと用意してきたようだ。宇野の荷物の中にはコンパクトに携帯できるダウンジャケットと、それから、菓子類がいろいろと詰め込まれていた。

「なに食べる？　チョコもあるし、グミも三種類くらいあるよー」

「じゃあ、チョコ」

「四堂君、ほんとチョコレート好きだね」

「宇野のアイスほどじゃない」

　二月の終わり頃に会った時より、宇野は元気そうだ。少し痩《や》せたのは、やはり、祖母の介護のためかもしれない。こうして話をすると宇野は相変わらず明るく、よく笑った。でも、なにかがずっと俺の中で引っかかっている。もらったチョコレートが口の中にいつまでも溶け切らず、残っているような違和感。

　それでも、今日一日、一緒に過ごすのだから。もし、彼女を悩ませている問題があるのなら、打ち明けてくれるはずだと思う。

　新幹線が長野駅に到着したのは八時頃。そこで宇野はスマホを確認しながら、とある場所まで俺を連れていった。

「……自転車？」

そこはレンタサイクルの店だった。長野まで来て自転車に乗るとは思っていなかったので、少し驚いた。

「わたしが食べたいアイスね、千曲川のサイクリングロード沿いの道の駅にあるの。付き合ってくれるよね、四堂君」

「うん。喜んで」

宇野らしいといえば、そうかもしれないな。店の主人は高性能な電動自転車を勧めてきたが、普通のスポーツタイプの自転車にした。俺達が選んだルートは比較的アップダウンが少ないらしいから。

「道調べようか」

俺がスマホを取り出すと、宇野は、

「もう調べ済みだよ。着いてきて」

と言って、自分のスマホを自転車にセットした。レンタサイクルの店の場所といい、念入りに下調べしてある様子だ。そんなにここに来たかったんだな、と思うといじらしかった。

俺達は宇野のスマホアプリでルートを確認しながら、市街地を抜け、二十分ほどでサイクリングロードに出ることができた。

雄大な千曲川と菜の花が咲き乱れる風景は、春めいていて、頰《ほお》にあたる風はまだ冷たい。

季節は確実に変化している。受験が終わってから初めて、心身が開放されるのを感じた。なにより、俺の前を漕《こ》ぐ宇野の背中が嬉しそうだ。長い髪が風にあおられ、斜め後ろからは、紅潮した頬が見える。

「気持ちいいねえ！」

俺はうん、と答えたが、返事は届かなかったかもしれない。宇野が漕ぐスピードは速く、油断すると置いていかれる。サイクリングってもっと景色を楽しみながら、ゆっくりやるもんじゃなかったか？

宇野はさらに加速する。思わずこっちもペダルを漕ぐ足に力を入れる。部活引退後は勉強ばかりしていたから、確実に体力が落ちている。でも、そんなこと、カッコ悪すぎて宇野に知られたくない。だから、ただただ、懸命に漕いだ。彼女の背中が遠ざかってしまわないように。

しかし、ふと、脚に力が入らなくなった。宇野はどんどん離れてゆく。陽光にきらめく川の光と、薄く雲が広がる空、そして宇野の背中が溶け合って、蜃気楼《しんきろう》のように見えなくなってゆく。

「……宇野」

ぽつりとつぶやく。当然、宇野は気づかない。

「宇野！」

説明のつかない焦燥《しょうそう》感。ようやく遠くで宇野が自転車を停め、振り返る。何か叫んでいる。聞こえない。俺は再び自転車を走らせた。

「ごめん、ちょっと飛ばしすぎた？」

隣につけると、あっけらかんとした笑顔。俺は安堵《あんど》し、悪態をつく。

「自転車競技じゃないいんだから」

「ごめんごめん。なんかさ、もっともっとって、欲張りたくなって」

その言葉に、俺はふと思い出した。確か、宇野は中学では陸上部だった。陸上をやめた理由について、こう言っていなかったか。

（……早く、もっともっと、一秒でも早くって走ってると、自分の心臓の音しか聞こえなくなって、なんか怖くなっちゃって）

同じ状況ではないのか。分からない。俺はそのことには触れず、訊いた。

「道の駅って、そんなに遠いの？」

「そうじゃないけど……ほら、早く着いた方が、その分アイスもたくさん食べられる」

「結局それか」

しかし、道の駅にはそれからすぐに到着したが、宇野はひとつしかアイスは食べなかった。普通のバニラのアイスクリーム。ずっと願掛けのために食べないようにしていた種類の、濃厚なタイプだ。

確かに牧場直送の原材料で作られているアイスクリームは美味だったが、都内でも普通に食べられるような気がする。それに、結局、なんの願掛けだったのか訊いていない。青羽の死と関連しているかも、と思うと、訊いてはいけない気がしたから、食べている間、俺も無言のままでいた。

アイスを食べ終えてから、再び千曲川沿いを走った。今度は、宇野はスピードはあげなかった。ただ時折、速度を緩《ゆる》め、川の方を眩《まぶ》しそうに見ていた。その横顔があまりに綺麗《きれい》で、写真を撮りたいな、と思ってしまった。

だけど、そんな関係性でもない。好きでもないやつに写真なんか撮られたくないはず。俺は我慢して、ただ、目に焼き付けておこうと思ったんだ。

二度と、同じ場所には来られないような気がしたから。

それからしばらく、川沿いをサイクリングし、途中で自転車を停めて石切りをしたり、河原の石を適当に積み上げて奇妙なオブジェを作ったりもした。宇野は終始嬉しそうだった。

昼休憩《ひるきゅうけい》は、レストランを併設した植物園に立ち寄った。そこは季節の花が咲く庭園を見ながら食事ができる場所で、俺は、宇野はひょっとしてここに来たかったのでは？　と考えた。

しかし宇野は、咲き乱れる春の草花に、それほど興味は示さなかった。一緒に来たのが青羽だったら違ったかもしれないな、としょうもないことを考える。それでも、併設したレストランで美しく盛り付けられたランチを前に嬉しそうにしている宇野を見ていると、花より団子《だんご》なのが本来の彼女なんだよな、と納得して苦笑する。

ただ、食事後、園内を軽く散策した時、一本の木の前から、宇野はなかなか動かなかった。

俺にも分かった。それは、枯れたソメイヨシノだったのだ。学校の体育館倉庫裏にある木と様子はまったく同じだった。

「……こういうのって、撤去《てっきょ》されないのかな」

黙って木を見上げる宇野の隣に立って、俺も同じように込み入った枝のあたりを見る。

テング巣病というのだったか。

「まだ、復活するかもと思われているんだよ」

確かに緑の葉をつけている枝もある。太い幹には藁《わら》が巻かれ、あちこちに伸びた枝はロープで固定されている。

俺も宇野に話を聞いてから、一度、ソメイヨシノについては調べた。

日本全国で、九割のソメイヨシノが枯れ朽《く》ちた、と言われているが、現時点ではほぼ絶滅したといっても過言ではないらしい。かつて、ソメイヨシノの名所とされた場所は、すでに他の品種の桜に植え替えられている。ただし川沿いはそれができない。河川敷の地盤を守るため、新たな植樹はできないとする法律があるせいだ。だから、そういった場所で枯れた桜は次々に撤去され、新しい木が植えられることもない。

もしかしたら、さっき走っていた千曲川もそうなのかもしれない。桜の木らしきものは見かけなかった。

宇野は木を見上げたまま、静かな声で言う。

「学校の桜が残されているのは、校長先生の意志だよ。校長先生、うちの高校の卒業生で、その頃はあの桜もまだ綺麗な花を咲かせていたんだって」

確かに校長は植物が好きだ。だから、青羽にもお気に入りの薔薇園《ばらえん》の手入れをさせていた。

「……この木も、どうせ枯れちゃうのにね」

「え？」

宇野はさっと体を翻《ひるがえ》し歩き出す。

「行こ。このあと善光寺《ぜんこうじ》も行きたいし」

俺は促されるまま、自転車を停めてある場所まで一緒に歩く。宇野がなにを考えているのか分からない。でも、学校の桜のことを、気にかけている様子だったのに。

結局、急に冷めた物言いをした理由は訊けず、そのまま千曲川から離れ、善光寺へ向かった。

今日は良く晴れた日だ。青空を背景に、木の梁《はり》や彫刻が精緻《せいち》に彫刻された山門は威厳を放ち、俺達の知らない歴史の重みを感じさせた。宇野と二人、並んで門をくぐる。石畳《いしだたみ》の参道が広がり、正面に、太陽の光を浴びた本堂が悠然《ゆうぜん》と姿をのぞかせた。本堂は木造の堂々たる建物だ。大きな屋根の反り返りが印象を力強いものにしている。内部には金色《こんじき》に輝く阿弥陀如来像が安置されている。宇野が静かに手をあわせお祈りを始めたので、俺もそれに倣《なら》った。

目を開いても、宇野はまだ祈り続けていた。ようやくこちらを見たので、訊いてみる。

「欲張って、なにそんなに願い事したんだよ」

「四堂君が幸せでいますようにって」

やられた。誕生日のお返しだ。

「それにしちゃ、長くなかった?」

「うん。八十年分くらい、お祈りしたから」

「?　なんでそんなに?」

「四堂君が、無事におじいちゃんになれるからだよ」

宇野は、うふふといたずらっぽく笑う。

「あ、あそこでお守り売ってる!」

はしゃいだ声をあげて、ごまかされたような気はしたが、結局一緒にお守りを買った。

宇野がお互いに贈り合おうというので、俺は善光寺御紋鈴《ごもんすず》というものにする。ピンク色の立葵《たちあおい》が彫られた小さな金色の鈴だ。そっと振ると澄んだ音がした。宇野はそれを、胸のあたりに押し付けるような仕草をした。

「これ、いつも身につけていたら、鈴の音でわたしが来たって分かるね」

「猫と一緒だな」

「うん。うちのアニと一緒だ」

宇野が俺にくれたのは、普通のお守りタイプのものだったが、「健康長寿」と刺繍《ししゅう》されていた。

「どんだけ長生きさせる気だよ」

「だから、プラス八十年だってば」

それはずいぶんと長生きだ。まったく想像がつかない。

考えてみれば、少し前まで、何歳まで生きたいとか、具体的な数字は思い浮かべなかった。俺はとにかく、十八歳でなければいいと思っていたんだ。十八歳の誕生日を無事に過ごし、その後何年でも、雪人《ゆきと》の兄として生きることができたらって。

「さあ、そろそろ行こうか」

宇野が腕時計を確認する。

「新幹線の時間？」

俺はもう帰るのか、と落胆《らくたん》したが、宇野は首を振った。

「違うよ。今日ここに来た、一番の目的のため」

やっぱり目当ては濃厚なアイスクリームではなかったらしい。

俺達は自転車を長野駅で返却し、バスに乗った。そこから約一時間、バスに揺られ、目的地付近に着いた時は、すでに三時半くらいになっていた。

大きなゴンドラを有したロープウェーに乗り込む。春まではスキー場としても営業している場所だ。宇野は言葉少なく、少し緊張した横顔を見せている。俺も黙って、彼女についてここまで来た。

ロープウェーが高度を増すにつれ、視界はどんどん悪くなった。

「天気、悪くなったね」

ぽつりとつぶやくと、宇野は少し微笑《ほほえ》む。

「山の天気は変わりやすいっていうでしょ。でも、天気が悪い方が確率が上がるんだって」

彼女は雲海《うんかい》を見たいのだと言う。

この先にあるカフェを併設したテラスからは、雲海が見える。できれば夏から秋がいいらしいが、春でも見えることがある。それも夕方がいいらしい。

時間帯的にはばっちりだが、季節がどうだろうな、と俺は考えていた。夏では駄目だったのだろうか。宇野が雲海を見たいなら、卒業後だって、絶対に付き合った。いや、雲海を見たいだけなら、他の場所でも良かったはず。確か福井に有名なスポットがあったんじゃなかったっけ。

どうして、今日、ここじゃなければならなかったのか。

脳裏《のうり》に繰り返し蘇《よみがえ》るのは、自転車をどんどんと漕《こ》いでゆく宇野の背中。手の届かない場所に、行ってしまいそうな。

――馬鹿な。

俺は、自分がナーバスになっていると感じた。

ゴンドラを降りると、周囲は案《あん》の定《じょう》、霧がかっていて、景色どころか、少し先も見にくい。そして気温がかなり低い。俺達はとりあえず、テラス内のカフェに入った。暖気にほっと肌が緩むのを感じる。店内は広々として、客はまばらだ。奥の、大きな窓から景色が眺められるようになっている。カフェの名物は雲海をイメージしたドリンクや綿菓子らしいが、宇野は注文しなかった。

俺は温かいカフェオレを二つ注文し、宇野が座っている窓際の席に行った。外はやっぱり、何も見えない。白い雲のような、霞《かすみ》のようなものが充満し、かろうじて、藍色の稜線《りょうせん》が遠くに霞んでいる。

「なんで雲海が見たいの？」

「天国に近いから」

　よどみなく、彼女は答える。

「泰親君《やすちか》が」

　やはり彼女は、彼の名を口にした。

「彼が、死ぬ前から、時々考えていたの。わたしたち、高台の階段の上でよく話していたんだけど、そこから、遠くの空が見えてね。死んじゃったら、あのへんに行くのかなあって。いや、もっと遠く、もっと高い場所……少なくとも、雲の上だよねって思った。雲の上あたりまでなら、生きている人間も行くことができるでしょ。だから、死者と生者が再会できる中間地点は、そこだって。馬鹿みたいな話でごめん」

「……分かるよ」

　俺も、母が死んだ時は、よく、空を見上げていた。高い空のどのあたりから、俺を見下ろしているのか、考えたこともあった。

「じゃあ、ここに来れば、青羽に会えるかもしれないって考えたの？」

　核心を衝《つ》く質問をした。宇野は何かを言いかけ、やめて、きゅ、と唇を噛《か》みしめるようにした。

「……どこに行くのか、わたしも知りたかったの」

「え？」

その時、外がにわかに騒がしくなった。俺と宇野は同時に腰を浮かす。

「……見て！」

宇野は外を指さして、そしてすぐに椅子《いす》から飛び降りると外に飛び出していった。俺も慌てて彼女の後を追う。

まるで、よくできた映像のようだった。

雲が、みるみる下がっていく。同時に夕日が稜線の向こうから顔を出し、高度を下げた雲の表面を優しく照らし出した。

雲海だ。

雲なのに、海の水面のような模様を有した雲海が、一面に広がっている。俺達はテラスの先端まで行き、手すりにつかまりながら、その光景を目の当《ま》たりにした。

地上がはるか下にある。雲の切れ間に、空から茜《あかね》色の光が降り注ぎ、地上の木々に光を届けている。

「綺麗《きれい》……」

宇野がつぶやいたので、隣を見た。

彼女は静かに泣いていた。

「四堂君、ありがとう」

なにをあらたまって、と再び彼女を見る。宇野も俺を見ていた。

「いや、礼を言うのはこっちだし」

「ううん。わたしね、四堂君に、たくさんのことを教えてもらった気がしてる」

「たとえば？」

「誰かを、とても大切に思う気持ち」

「それは……」

言葉が出てこない。

「わたし、四堂君が好きだよ。愛してる。とても、とても大切だからね」

いやだ。

強く思った。

そんなことを、これほど美しい景色を前に、言わないでほしい。

「宇野。俺に、なんか隠してる」

「………」

「頼むから、教えて」

恋情の意味で好きと言われたわけではない。それくらいはわかった。じゃあ、なんで今さらのように言う？　まるで別れの挨拶《あいさつ》みたいに。

俺は、はっとした。

自転車を漕ぐ背中。真剣な顔で祈りを捧げる横顔。俺の八十年分の幸福を。

「どこかに、行くのか？」

宇野は唇を強く嚙んでいる。俺を見たまま、ひとつ、頷《うなず》く。

「遠いところ？」

また、頷く。

「……ひとりで？」

「そうだけど、向こうには、知り合いもいる」

青羽のことだ。俺は、確信した。宇野は、死のうとしているんだ。どうして。どうして！

「だめだ」

「四堂君」

「俺、宇野が好きだ」

頭で考えるより先に打ち明けていた。まぶたの奥が熱くて、喉《のど》がひりついて、それでも俺は続けて言った。

「宇野以外の女子なんて知らない。俺が好きになったのは宇野だ」

「うん……知ってた」

「だったら、死ぬな！」

細い肩が震えている。寒さのせいばかりではない。彼女は絞《しぼ》り出すように言った。

「四堂君。だめなの。わたしは、もうすぐ、死ぬの」

「どうしてだよ」

「わたしが、誰にも恋したことがないから」

頭をなにかで殴《なぐ》られた気がした。そんな馬鹿な、という思い。一方で、難解なパズルが、あっという間に組み立てられていくような納得感。

そうか。

宇野は、そうだったのか。俺じゃなくて、宇野こそが、アセクシャルだったのか。

宇野は両手をだらりと下げて、顔を歪めた。

「……嘘をついたの。ずっと、誰にも言えなかった。みんなわたしが恋愛に長《た》けていると思ってたし、わたしもそう思わせた。もしかしたらって、自分でも思ってたから。十八歳までに、誰かに恋ができるんじゃないかって」

頭がくらくらする。宇野の誕生日は、四日後だ。どうして、なぜもっと早く言ってくれなかったのだろう。

しかし、俺にはわかっていた。

「俺が言わせなかったんだよな」

「四堂君、違う」

「自分のことばかり、宇野に相談して」

「四堂君は、泰親君のことを聞いてくれた」

「でも、宇野の話を聞かなかった。訊けばよかったんだ。おまえ、どうしたのって、もっと早く。俺は、それなのに」

こんなことが許されるのか。俺は今、本当の気持ちを宇野に打ち明けることができたのに。それがこんな悲しいシチュエーションで、許されるのか。

「四堂君」

宇野は顔をあげ、まっすぐに俺を見た。涙で溢《あふ》れた瞳に、いつもの輝きは見られない。

「わたし、死にたくない」

ささやくような声なのに、悲鳴のように聞こえた。

「なにもかも覚悟したつもりだった。でもわたし、諦められない。四堂君のことも、家族や、友達のことも。もっともっと、ずっと見ていたいのに」

「宇野」

俺は宇野を抱きしめたかった。あの雪の日のように。しかし、彼女がアセクシャルと知った今、それはできない。まして、俺は彼女に告白してしまったのだ。

宇野はうつむき、泣いている。俺は伸ばしかけた手をどこにやっていいか分からず、途方に暮れて、その場に立ち尽くしていた。

雲海《うんかい》は現れたときと同様に、あっという間に消えて見えなくなった。再び押し寄せてきた分厚い雲が視界を覆《おお》い、冷気が肌をさす。俺は自分のパーカーも彼女に着せた。

二人で、外のベンチに腰掛け、しばらく無言のままでいた。

鼻をすすると、宇野が、はっとした顔でパーカーを脱ごうとする。

「これ、いいよ」

「別に寒くない」

寒さなど、本当に感じない。あらゆる感覚がしびれて麻痺《まひ》してしまっている。

俺達の横を、初老のカップルが通り過ぎてゆく。手を繋《つな》いで談笑し、仲が良さそうだ。

宇野はそれを、目で追っている。そういえば、前にバスに乗ったときも、こんなふうに老夫婦らしき人たちを見ていたな。今思えば、羨《うらや》ましかったのかもしれない。

お互いのことを好きな状態で、長生きできるのが。

俺は、なにか明るい話をしたくなった。

「宇野の家も両親仲いいんだろ」

「仲いいよ。普通に、行ってらっしゃいのチューとかもするしさ」

「それはすごい」

「でもね、おばあちゃんは違ったんだって。おばあちゃん、お見合い結婚でね」

宇野は穏やかな横顔を見せている。さっきの激情は嘘のように。

「いいところのお嬢さんで。家どうしが決めた許嫁《いいなずけ》だったんだって。おじいちゃんって、わたしもうっすらしか覚えていないけど、穏やかでとても静かな人だったのね。おばあちゃんは、おじいちゃんを尊敬していたし、夫として大事にしていた。でもね。最後まで、恋をすることができなかったって」

「宇野にそんな話をしてくれたのか?」

「うん。おばあちゃん、ボケちゃってるでしょ。最近ではわたしのこと、死んだ娘と間違えて百合子ちゃんって呼んでいるし。でも少し前に、急に頭がはっきりした感じになって、わたしの名前を呼んでくれた。それから、目を、じっと見つめて、昔と同じことを言ってくれた。麻莉亜ちゃんは愛でできているって」

俺は黙って、その話の意味を考えた。そして、ある可能性に思い当たる。

「あのさ。宇野から見て、おばあさんってどんな人?」

「うーん。そうだなあ。可愛《かわい》いおばあちゃんって感じ。いつもニコニコして、昔からお友達がいっぱいいて。今もボケちゃってるのに、家族を笑わせてくれたり、とにかくみんなに愛されている。みんな、おばあちゃんが大好きなの」

「つまり」

俺は言った。

「宇野は、おばあさんに似てるってことだ」

宇野はこちらを向いた。

「まあ、昔からよく言われるよ。特に鼻と口のあたりが……」

「違う。愛でできているって、宇野のことだけじゃないよ。おばあさんもそうなんだよ」

「……ああ。そういうことか」

「それで、おばあさんは長生きしてる。見合い相手のおじいさんに恋をすることはなかった。でももしかしたら、宇野と同じように、おじいさん以外にも恋をしたことはないんじゃない？」

「そうだって、言ってた。アセクシャルっていう言葉は知らなかったみたいだけど、誰にも恋ができないから、結婚生活は苦痛なこともあったって」

組み立てろ、と頭の中で声がした。宇野と宇野のおばあさんの共通点を。なんとか、宇野が生きられる可能性につなげるために。

宇野は眉《まゆ》を寄せて黙り込んでいたが、それでも、とつぶやいた。

「もし、おばあちゃんがわたしと同じ性質なのだとしても。十八の呪いなんて関係ない世代だから、生きていられる。わたしとは違う」

「そうかな」

俺は食い下がる。

「昔、母親が死んだとき、雪人が言ったんだ。死んだ母親の愛は、なくなってないって。

ずっと残っているし、いつも感じるって。それを聞いて、俺も確かに思った。愛情はなくならないし、不変なものだ。宇野のおばあさんが愛でできていて、宇野もそうなら、宇野だって、百歳まで生きることができる」

　宇野はしばらく黙った後、不安そうな顔をして、でも、と続ける。

「泰親君は……」

「宇野と青羽は違う。青羽は、いつも、多くのものを拒絶しながら生きているような感じがした」

　俺は小さく、ごめん、と付け足す。宇野が動揺《どうよう》した顔をしたからだ。

「……泰親君が、手紙を残してくれたの。そこに書いてあったんだ。僕と麻莉亜ちゃんは違うって」

「違う」

　俺は念を押すように言う。

「世界中のアセクシャルが、ＡＡが、みんな十八歳で死んでいると思う？　確かに、誰にも恋ができないという点は共通しているんだろう。でも、ひとりとして同じ条件の人間なんていない。宇野と青羽は違う。俺と、宇野も違う。でも、愛でできているという点では、宇野と宇野のおばあさんは一緒なんだ」

「四堂君」

宇野はふっと微笑《ほほえ》んだ。

「わたしに、死んでほしくないんだね」

俺は格好つけたかった。別に、と答えそうになった。でもできなかった。

「うん」

と答えた。

「俺は宇野に死んでほしくない」

「わたしのことが好きだから？」

「好きだ。世界中の人間が、宇野が死ぬと言っても、俺は諦めない。宇野は死なない」

「本当に、四堂君は、素直だなあ」

からかうような口調なのに、宇野の瞳から、透明な涙がこぼれ落ちる。そして顔をそっと寄せると、俺の頰《ほお》に口づけをした。そのまま、俺の肩に頭を乗せるようにして、動かない。

「……宇野？」

「もう少し」

震える声で、宇野は言った。

「もう少しだけ、このままで」

俺は肩が濡れるのを感じながら、微動だにせず、次第に暗くなってゆく空を見つめ続けていた。

宇野とは、地元の駅前で別れた。

「あのさ」

俺は思い切って言う。

「誕生日の日、一緒にいたい」

「駄目だよ」

宇野は即答する。都内に戻ってきてからの彼女は、なにかを決意してしまった者特有の毅然《きぜん》とした表情を見せている。

「その日はひとりきりで過ごす」

「どうしてだよ」

「その瞬間を、誰にも見られたくない」

そんなこと、黙って聞き入れられるわけがない。俺が黙っていると、宇野はくすりと笑った。

「家に来る気だね」

「ああ」

「どこか別の場所にいるかもよ」

俺は黙って宇野を見つめる。すると彼女の瞳が、少し揺れたようだった。

「四堂君。学校の桜」

「え？」

「最初に告白してくれた。あの桜のところにいて。わたしの誕生日の日」

「どうして」

「だって四堂君は、信じてるんでしょ？　わたしが、おばあちゃんと同じように生きるって」

俺ははっとした。

「信じてる」

急いで言った。

「信じてる、宇野」

「じゃあ、待てるはず。あの桜の下で待ってて？　わたしが生まれたのは、三月三十日。正午ちょうどだよ。だから、そうだね……一時までには行く」

「わかった」

俺は頷《うなず》き、小指を宇野に突きつける。宇野は微笑んだまま、その小指に自分の小指を絡めた。

最初に指を絡めたあの日、俺は、ものすごく大きな壁を超えたと思った。

でも、今日のこの指切りほどではない。

「約束だからな」

「うん。約束」

宇野は笑って改札を抜け、去っていった。俺はその背中を長い間、見守っていた。


その日までは、あっという間に過ぎた。国立の合格発表があって、俺は無事に合格した。父親はすでに尾上真奈美《おのうえまなみ》と入籍しており、俺は家を出ることが決まった。都内のマンションを父親が契約してくれた。甘えるのはしゃくだったが、雪人の一時帰宅を考え、一人暮らしには少し贅沢《ぜいたく》な間取りにしてもらった。

俺や雪人は、もう、実家には帰らないだろう。

でも、思い出がなくなることはない。

雪人が言うように、俺は、母親の愛をなくさない。優しくて愉快だった父親の記憶も鮮明だし、雪人が生まれた日の喜びも憶えている。

春からの新生活に向け、準備や、荷物の片付けに明け暮れた。

内藤《ないとう》は俺と同じ大学を受け結果は残念だったものの、滑り止めには進学せず、浪人を決めた。

医者になりたいのだと教えてくれた。

高柳《たかやなぎ》が関西の大学に進学するとかで、弓道部《きゅうどうぶ》の集まりが開かれた。内藤が主催した送別会に、俺も参加した。

「わたし、蓮人《れんと》が好きだったんだ。知ってたでしょ?」

みんながいる場所でいきなり言われたので、驚いた。しかしかえって、彼女らしい潔《いさぎよ》さを感じた。俺は、うん、と正直に答えた。

「高柳。なんていうか、ごめ……」

「謝るのは違うよ」

そうだな。違う。人の気持ちだけは、どうにもならない。少なくとも、俺は、それだけは学んだ。

「ありがとう」

自然と口をついた言葉に、自分でも驚いた。高柳は笑ってくれた。内藤がすかさず場を盛り上げることを言ってくれ、和《なご》やかなまま、部活仲間たちと別れた。

連日、やることがあるのはありがたかった。そして、三十日のその日、俺は自転車で学校に向かった。

学校は春休み期間中だが部活動もあるため、中に入ることができた。職員室に寄って、担任や世話になった教科担当に挨拶《あいさつ》をすませる。その足で、体育館倉庫裏の、あの場所に行った。

時刻は、とっくに正午を過ぎている。その瞬間が怖くて、意識的に時計からは目を背けていた。歩きながら、スマホで時刻を確認したくなったが、やめた。宇野との約束の時間は、一時。おそらく、あと十分くらい。

自然と、早足になっていた。

そうして、倉庫の角を曲がった瞬間――俺は、息をのんだ。

見慣れない、淡い色合いの花が目に飛び込んできたのだ。

桜が咲いている。

ソメイヨシノが。

半分枯れ朽《く》ち、もう半分も病気に侵されていたはずなのに。ごく細い枝の先に、ほんの少しだけ咲いている。

信じられない。

こんなに綺麗《きれい》なのか。

クローンだろうが、病気に弱い品種だろうが、淘汰《とうた》される運命にあろうが、関係ない。生き残った木の発する圧倒的な生命力が、確かに、見る者を魅了する。

俺は桜を見上げ、いつの間にか、泣いていた。

信じると言った。宇野は絶対に死なないと。

でも俺は、信じていたわけではなかった。

そう思いたかっただけだ。

彼女は来ない。

ひとりで死ぬと言っていたが、最期にどんな景色を見ただろう。綺麗で、滅びゆく桜に想いを馳《は》せるほど繊細《せんさい》で優しく、同時に強くて、少しだけしたたかで、毎日必ずアイスを食べる、彼女は。

宇野。

ごめんな。

苦しかったよな。

誰にも言えず。

怖かったよな。

宇野が、俺の恐怖や苦しみを薙《な》ぎ払ってくれたように、俺にもそれができればよかった。宇野を悲しませるもの、苦しませるもの、怖がらせるもの、あらゆる災厄《さいやく》から、守りたかった。

ごめんな。

視界が煙り、淡いピンクの花弁も見えなくなる。こらえきれず、うつむくと、嗚咽《おえつ》が口から漏《も》れ、喉《のど》を熱く焦がした。

そのとき。

りん、と高く澄んだ音が、背後から聴こえてきたのだった。

「わあ、こっそり近づくはずだったのに」

続いて、鈴と同様に澄んだ声も。

「ここって本当は告白スポットとしては、成功率は高くない場所なんだよ。でも、今日からは違うかもね。だって絶滅危惧種《ぜつめつきぐしゅ》の桜が咲いたんだから」

俺は、神様、とつぶやいていた。どうか、幻じゃありませんようにと。

振り返る。

彼女がいた。

桜色のワンピースに、白いカーディガン。少し色素の薄い髪が風に踊っている。

彼女はワンピースのポケットから、あの日、俺と交換した善光寺のお守りを取り出した。

再び、りん、と音が響く。

「どうして」

「どうして？　だって、信じてくれたんでしょ。四堂君」

宇野は笑う。しかし、その目は真っ赤だ。

「……白状するとね。昨夜は、さすがに眠れなかった。もうすぐ死ぬと思うと。でも、正午を過ぎても、大丈夫だった。あのね、わたしね。その瞬間、四堂君のことを強く思ったよ」

宇野の瞳が輝いている。強く、彼女らしい、深い色合いの瞳が。

「わたしが、愛でできてるって、おばあちゃんや、泰親君は言う。それがどういうことか、本当に長いあいだ、わからなかった。でも、四堂君が、教えてくれたんだ」

風で乱れた髪を、宇野が耳にかける。いつかの日と同じように。

「また会いたいと思った。この木の下で、こうやって会うイメージが、ものすごく鮮やかに浮かんだ。それで、思ったの。わたし、四堂君が好きだなあって」

それがどういう意味合いのものなのか、もうどうでもよかった。

宇野が生きて、ここに来てくれた。

こうして、再び話すことができるなんて。

「四堂君。帰ろう」

彼女は穏やかに笑っている。

「それで、公園に寄ろう」

「……アイス買うのか？」

「うん」

俺は力が抜けてしまい、はっ、と笑う。宇野も笑っている。

俺が初めて恋をした彼女は、俺を好きだと言い、俺に会いたかったと言い、でも決して、恋をしてはくれない。

これからもそうなのだろう。彼女は、誰にも恋はしない。でも、彼女自身は、愛に満ちている。今までもそうだったように。

だから俺は、十八の春、呪いの代わりに、祝福を得たんだ。

かけがえのない、この先も決して色褪《いろあ》せない、彼女の笑みと――互いの幸福の予感を。

俺達は一緒に正門を出た。自転車で、ゆるやかに蛇行《だこう》する道を前後に並んで走った。前を行く宇野の背中は、やっぱり華奢《きゃしゃ》だけれど、生命力に満ちている。澄んだ鈴の音が、道標のように俺をいざなう。

その背は、遠ざかりすぎることはない。

俺達はそのまま自転車を飛ばし、いつもの店でアイスを買って、公園のベンチに腰をおろす。

そして、新しい春の話を始めたんだ。

（了）

※この作品はフィクションです。実在の人物・団体・事件などにはいっさい
関係ありません。

集英社オレンジ文庫をお買い上げいただき、ありがとうございます。
ご意見・ご感想をお待ちしております。

●あて先
〒101-8050　東京都千代田区一ツ橋2-5-10
集英社オレンジ文庫編集部 気付
山本　瑤先生

集英社
オレンジ文庫

恋せぬマリアは18で死ぬ

2025年3月23日　第1刷発行

著　者　山本　瑤
発行者　今井孝昭
発行所　株式会社集英社
〒101-8050東京都千代田区一ツ橋2-5-10
電話【編集部】03-3230-6352
【読者係】03-3230-6080
【販売部】03-3230-6393（書店専用）
印刷所　TOPPANクロレ株式会社

ISBN 978-4-08-680609-1 C0193

コバルト文庫　オレンジ文庫

「ノベル大賞」

募集中！

主催　(株)集英社／公益財団法人　一ツ橋文芸教育振興会

小説の書き手を目指す方を、募集します！

幅広く楽しめるエンターテインメント作品であれば、どんなジャンルでもOK！

恋愛、青春、お仕事、ファンタジー、コメディ、ミステリ、ホラー、SF、etc……。

あなたが「面白い！」と思える作品をぶつけてください！

この賞で才能を開花させ、ベストセラー作家の仲間入りを目指してみませんか!?

大賞入選作

賞金300万円

準大賞入選作

賞金100万円

佳作入選作

賞金50万円

【応募原稿枚数】

1枚あたり40文字×32行で、80〜130枚まで

【しめきり】

毎年1月10日

【応募資格】

性別・年齢・プロアマ問わず

【入選発表】


オレンジ文庫公式サイトなど。入選後は文庫刊行確約!

（その際には、集英社の規定に基づき、印税をお支払いいたします）

※応募に関する詳しい要項および応募は
公式サイト（orangebunko.shueisha.co.jp）をご覧ください。

2025年1月10日締め切り分よりweb応募のみとなりました。